개척지대

개척지대

초판인쇄 2022년 4월 30일 **초판발행** 2022년 5월 15일

엮은이 대륙개척문예간화회 **옮긴이** 안지나

펴낸이 박성모 **펴낸곳** 소명출판 **출판등록** 제13-522호

주소 서울시 서초구 서초중앙로6길 15, 2층

전화 02-585-7840 **팩스** 02-585-7848

전자우편 somyungbooks@daum.net **홈페이지** www.somyong.co.kr

값 16,000원

ISBN 979-11-5905-668-0 04830

979-11-5905-664-2 (세트)

냉전과 식민의
글로벌 동아시아
문학 총서
003

개척지대

대륙개척문예간화회 엮음
안지나 옮김

소명출판

범례

1. '만주', '만주국', '비적', '만인', '지나' 등의 용어는 현재 적절하지 않은 용어이나 이 책에서는 역사적인 용어로 사용한다.

2. 이 책에 등장하는 일본의 주요 도량형은 다음과 같다. 현재 한국의 도량형과는 차이가 있으므로 참고하기 바란다.
   ① **토지 길이** 간(間) 약 1.8미터, 정(町=丁) 약 109미터
   ② **토지 면적** 평(坪) 약 3.305제곱미터, 묘(畝) 약 99.173제곱미터
   단(段)=반(反) 약 991제곱미터, 정(町)=정보(町歩) 약 9,917.355제곱미터
   ③ **길이** 촌(寸) 약 3센티미터, 자(尺) 약 30센티미터
   ④ **거리** 리(里) 약 3.9킬로미터
   ⑤ **무게** 관(貫) 3.75킬로그램
   ⑥ **부피** 되(升) 약 1.8리터

3. 일본의 만주이민은 국가의 지원을 받은 국책이민으로서 집단이민 형식을 취했다. 기본적인 순서는 소수의 선견대가 앞서 파견되어 현지에서 토지 구입, 가옥 건설, 토지 측량, 개간 등 이주지를 정비한 뒤 남성 이민자로 구성된 본대가 입식한다. 어느 정도 자리가 잡히면 남성 이민자가 기혼인 경우 일본에서 가족을 불러오고, 미혼이면 결혼할 여성을 찾아 일본에 다녀오기도 했다. 단, 분촌이민의 경우 젊은 남녀 이민자 외에 아동과 고령자도 이민자에 포함되었다.

4. 본문에 등장하는 당시 만주이민과 관련된 주요 호칭은 다음과 같다.

   대륙의 신부 : 초기 만주이민 이후 미혼의 남성 이민자를 현지에 원활하게 정착시키기 위해 여성 이민자와의 결혼이 장려되었다. 애국부녀단체의 알선이나 고향의 친인척을 통한 중매 외에도 만주이주협회나 농민학교 등에서 조직적으로 젊은 일본인 여성 지원자를 모집하기도 하였다. 이는 일본인 남성 이민자가 현지 여성과 결혼하여 혼혈 문제가 발생하는 것을 막기 위한 정책이기도 했다.

   대륙의 아이 : 만몽개척청소년의용군을 가리킨다. 중일전쟁 발발로 성년이민이 정체되자 대안으로 모집한 남성 청소년 이민자이다. 남성 청소년에게 현지 훈련소에서 군사훈련 등 교육을 시키고 장래 토지를 주어 이민자로 육성하고자 하는 계획이었다. 유사시에는 징집이 용이하도록 주로 소련과의 접경 지역에 배치되었고, 예산 부족으로 만족스러운 지원을 받지 못하는 경우가 많았다. 학부모의 반발로 지원자 수가 적어지자 그 모집에 학교와 교사가 동원되었다.

   대륙의 어머니 : 무장한 만몽개척청소년의용군이 현지주민과 심각한 갈등을 일으키는 경우가 잦아짐에 따라 소년들의 거칠어진 심성을 위로하기 위해 그들의 '어머니' 역할을 할 여성을 파견하였다. 따라서 학생을 지도하는 정식 교사가 아니라 기숙사 등에서 기숙생의 식사 등을 돌봐주는 여성인 료보(寮母)의 신분이었다.

5. 원문의 일부 권점으로 된 강조 표시는 글자를 진하게 하여 표시하였다.

역자 서문

1937년 만철영화제작소満鉄映画製作所가 제작한 기록영화 중에 〈내선만 주유 여행 만주편内鮮満周遊の旅 満洲篇〉이라는 작품이 있다. 만철남만주철도주식회사이 자랑하는 특급열차 '아시아あじあ' 등의 열차를 타고 다롄大連, 뤼순旅順, 슝웨이청熊岳城, 잉커우営口, 탕강즈湯崗子, 안산鞍山, 펑톈奉天, 신징新京, 현 창춘長春, 하얼빈哈爾濱, 지린吉林, 도문図們, 청진清津, 거건먀오葛根廟, 타오난洮南, 청더承徳, 산하이관山海関, 안동安東을 둘러보는 짧은 영화이다. 29분이라는 제약 때문에 아주 많은 정보를 담지는 못했지만, 지역의 특성을 압축적으로 설명하는 내레이션에 익숙해지면 '만주'라는 지역이 중국은 물론이고 몽골, 티벳, 러시아, 한반도까지 넓은 지역에 걸친 다양한 문화의 보고라는 것, 그리고 만철이 그 광대한 대지로 뻗어나가며 사람과 물류의 이동을 가능하게 하고 있었음을 실감하게 된다.

예를 들어 도문에서는 "조선과 만주의 국경역 도문"이라고 소개하고, 이어서 "만주국인의 흑의, 선인의 백의, 어쩐지 아리랑 노래소리가 그리워지는 듯한 기분이 듭니다"라는 설명과 함께 국경에서 검문을 받는 흰 한복 차림의 여성들, 갓을 쓴 노인의 모습을 비춘다. 청진은 "우라니혼裏日本*에서 만주로 일만日満 신교통로가 열린 뒤부터 청진항이 중요해졌습니다. 목하 북방에 건설중인 나진항

* '일본의 뒷면(裏)'이라는 뜻으로 동해에 면한 혼슈(本州) 지방을 가리키는 멸칭.

이 완성되어도 북선北鮮무역의 중견으로서 그 중요성은 더더욱 발휘될 것입니다"라고 설명하며 주로 선박 하역 장면과 항구에 쌓여 있는 짐을 보여준다. 이처럼 이질적인 만주를 제국 일본의 일부로서 기능하게 만들고, 나아가 그 지배를 강화하는 데 만철이 필수적인 존재였음은 분명하다.

비슷한 시기, 역시 만주에서 새로운 가능성을 찾으려 한 일군의 일본인 문학자들이 있었다. 1938년 11월에는 주로 일본인 농민의 만주이민에 찬성하는 농민문학자가 모인 농민문학간화회農民文学懇話会가, 1939년 2월에는 대륙개척문예간화회大陸開拓文芸懇話会가 결성되었다.

이들은 일본인 농민의 만주이민을 장려함으로써 피폐한 일본 농촌의 모순과 일본 농민의 빈곤을 동시에 해결하려고 했다. 〈내선만 주유 여행 만주편〉이 만주를 개발과 소비의 대상으로써 바라보는 낙관적인 시선과는 대조적으로, 이 문학자들의 시선은 만주가 아니라 '내지'의 농촌과 농민을 향하고 있었다. 그러면 그들이 일본 농촌과 농민이 갖고 있다고 상정한 문제와 만주는 어떤 관계가 있었을까. 이는 1929년의 세계공황으로 거슬러 올라간다.

미국에서 시작된 세계대공황의 영향으로 1930년대 초, 일본에서도 쇼와昭和공황이 일어났다. 이때 가장 큰 타격을 받은 것은 일본 농촌과 농민이었다. 당시 일본 농가에서는 현금 수입을 얻을 수 있는 양잠이 큰 인기를 끌었다. 그러나 수출길이 막히자 생사 가격이 폭락했고 이는 농가 가계에 커다란 타격을 주었다. 물론 일본

동북 지방의 가뭄으로 인한 흉작, 소작제의 모순도 영향을 끼쳤다.

그러나 일본의 일부 농본주의자들이 이처럼 심각한 농촌문제의 원인으로 주목한 것은 엉뚱하게도 농가가 자급자족을 할 수 있어야 한다는 '적정 농지' 문제와 차남 이하 아들, 즉 농촌 내 잉여인력의 문제였다. 농가가 쌀을 생산하여 자급자족할 수 있다면 현금 수입이 없어도 생존할 수 있고, 땅을 물려받을 수 있는 장남과 달리 토지를 얻을 수 없는 차남 이하 잉여 인력에게 농사지을 땅을 제공해야만 농촌문제를 해결할 수 있다는 것이 그들의 주장이었다. 그들의 주장대로 농촌문제를 해결하려면, 이는 필연적으로 지주제와 소작제의 모순과 맞닥뜨릴 수밖에 없었다. 그러나 그들은 이미 실패한 소작쟁의처럼 일본 내부에서 갈등과 투쟁, 위험을 무릅쓰기보다 쉬운, 그리고 정부의 적극적인 지원을 받을 수 있는 방법이 있다고 생각했다. 한정된 일본 토지를 두고 아웅다웅하기보다 주인이 없는 광대한 토지가 일본의 외부에 존재한다고 믿었기 때문이다. 그들은 일본 내부의 문제를 식민지에 전가함으로써 해결하고자 했다. 일본 정부는 이에 호응하여 만주이민을 국책으로 선정하고, 1936년 8월 '20개년 100만 호 송출 계획'을 결정했다. 말그대로 향후 20년 동안 일본 농가 100만 호를 만주로 송출하고자 한 것이다.

그러나 이듬해 7월, 중일전쟁이 발발했다. 농민은 군인으로 징집되었고, 군수공장 역시 노동력이 필요했으며, 그 와중에 부족한 인력으로 식량을 생산해야 했다. 이처럼 만주이민의 전제조건 자체가 변화했음에도 불구하고, 이미 국책이 된 만주이민 정책은 수행되어야만 했다. 또한 이민자의 혼혈을 방지하고 정착률을 높이기 위해 '만주의 신부'라는 이름으로 젊은 일본인 여성들을 교육시켜 개척지로 송출했다. 중일전쟁 이후 만주이민 지원자가 눈에 띄게 줄어들자 교사가 앞장서 '계몽'의 이름으로 어린 제자들을 설득하여 만몽개척청소년의용군에 지원하게 만들었다. 이런 시기에 농민문학간화회와 대륙개척문예간화회가 문학의 힘으로 만주이민을 장려하겠다고 나선 것이다. 이들의 문학이 프로파간다문학으로 평가되는 연유이다.

하지만 두 단체가 동일한 입장을 취한 것은 아니었다. 이러한 성격 차이는 두 단체가 결성 직후 내놓은 작품집에서도 엿볼 수 있다. 농민문학간화회의 작품집 『흙의 문학 작품연감土の文学作品年鑑』1939이 주로 전쟁으로 비롯된 일본 농촌의 빈곤과 고통에 집중한 것에 비하여, 같은 해 10월에 출간된 대륙개척문예간화회의 작품집 『개척지대開拓地帯 – 대륙개척소설집大陸開拓小説集 1』春陽堂書店은 만주정책 자체에 초점을 맞추었다는 인상을 준다. 이는 농민문학자를 중심으로 한 농민문학간화회에 비하여 대륙개척문예간화회가 대부분 30대의 젊은 전향작가들이었다는 사실과도 관련이 있을 것이다. 이들은 일본의 주류 문단과는 거리가 있었고, 중심인물이었던 후쿠다 기요토福田清人의 말을 믿는다면 답답한 일본 내부에서 외부로 뛰쳐나가려한 '과감한' 사람들이기도 했다.

그러나 정작 그들이 밖에서 발견한 것은, 만주가 그들의 예상을 뛰어넘는 곳이라는 사실이었다. 〈내선만 주유 여행 만주편〉에서 짧게 요약된 '만주'가 보여주듯이, 실로 광대한 지역을 포함할 뿐만 아니라 그곳에는 이미 일본인이 이해할 수 없는 이질적인 역사와 문화, 전통이 존재하고 있었기 때문이다. 그리고 농민문학간화회와 대륙개척문예간화회의 문인들은 각각 간화회 결성 직후 현지 시찰과 여행을 통해 정도의 차이는 있어도 이러한 상황을 직시할 수밖에 없었다.

아마 이것은 여행자와 이민자의 차이이기도 할 것이다. 기차로 여행하는 근대의 여행자는 이국의 문화를 즐기며 소비하는 것으로 충분하다. 반면 이민자는 낯선 환경에 적응하며 새로운 자신과 마주해야만 한다. 그러나 '만주국' 내의 일본인 증가를 목적으로 진행된 만주국책이민은 일본인 이민자에게 일본과 만주국은 한몸이라는 궤변을 늘어놓으며 '만주국민'이 아니라 '일본인'으로서 만주에 정착하기를 바랐다. 이러한 모순된 목적을 달성하기 위해 이미 인력이 부족한 일본 농촌에서 조직적으로 일본인 이민자를 모집하고, 어린 학생들에게 지키지 못할 약속을 내걸고 진행된 만주이민은 패전 직전까지 이어졌다. 그 한편으로 '내지內地*'의 부족한 노동력을 충당하기 위해 한반도와 중국의 점령지에서 값싼 식민지 노동력이 동원되었다.

『개척지대』는 바로 그런 역사의 지점에서 출간된 작품집이다.

---

* 식민지 등 외지(外地)에 대응하여 일본 본토를 가리킨다.

대륙개척문예간화회는 결성되고 약 2개월 뒤인 1939년 4월 제1차 '대륙개척의 국책펜부대'를 만주로 파견했고, 다시 6월에 제2차 펜부대를 파견했다. 10월에 출간된 『개척지대』는 이 시찰여행에 참가한 문학자 중 곤도 하루오近藤春雄, 다무라 다이지로田村泰次郎, 이토 세이伊藤整, 다고 도라오田郷虎雄, 유아사 가쓰에湯浅克衛가 참가했다는 점에서 국책의 지원을 받은 시찰여행 성과발표로서의 성격이 짙다고 보는 것이 타당할 것이다.

실제로 이 작품집에 실린 작품들은 모두 당시 진행되고 있던 주요 만주이민정책을 소재로 삼고 있다. 혼혈을 막고 남성 이민자를 가정의 힘으로 위로하기 위한 '대륙의 신부', 성년 이민을 대체하고 노동력을 이용하기 위해 동원된 '대륙의 아이청소년의용군', 모성으로 청소년의용군의 거칠어진 심성을 다독이기 위해 모집한 '대륙의 어머니청소년의용군 료보(寮母)'까지, 미명美名을 붙여 현실에서 눈을 돌리려는 행위 자체가 만주이민의 비합리성과 어리석음을 증명한다.

그것은 결국 국책이라는 이름으로 물질적인 지원을 제공하면 국가의 필요에 따라 사람들을 움직일 수 있다고 믿은 오만에서 비롯된 것이었다. 무상으로 토지를 제공함으로써 건강하고 우수한 일본 농민을 선별하여 만주로 이동시키고, 건강한 일본인 여성과 결혼해 일본인 아이를 낳아 기르며, 자작농으로서 '만주국' 내부에서 유사시에는 군인으로 동원할 수 있는 일본인 인구를 증가시킬 수 있을 것이라고 믿어 마지않는 오만함과 어리석음이다. 그리고 유감스럽게도, 이와 같은 종류의 어리석음은 오늘날 우리가 살고 있는 시대와 장소에서도 반드시 낯선 것은 아니다.

『개척지대』가 보여주는 것은 1930년대 광대한 식민지와 점령지를 내포하면서 전쟁을 수행하고 있던 제국 일본이 그 내부의 사람들을 어떻게 움직이려 했는지, 그리고 '외지'와 '내지'를 오가는 사람들의 삶을 당시 국책문학이 어떻게 묘사했는지를 증명하는 것이다. 그리고 〈내선만 주유 여행 만주편〉이 보여주는 끝없는 발전과 개척의 이미지는 『개척지대』에서 이미 합리성을 포기하고 국책을 수행하기 위해 사람들을 동원하는 모순과, 그 과정 속에서 끊임없이 발견되는 균열을 통하여 보완되어야 하는 것이다. 물론 그것은 만주에서 일본인은 보지 못한, 혹은 보아도 이해하지 못한 현지인들의 시각과 증언과 표현을 필요로 한다. 이 책의 출간이 현재 한국에서 활발하게 진행되고 있는 만주연구와 이해에 도움이 될 수 있다면 더없이 기쁠 것이다.

이 책은 원광대학교 김재용 교수님의 제안과 격려, 만주문학연구회의 응원과 협력, 그리고 소명출판 박성모 대표님을 비롯한 편집자 분들의 노고 덕분에 빛을 볼 수 있었다. 깊은 감사를 보낸다.

2022년 4월

오키나와에서

안지나

서抒

작년에 대륙개척문예간화회大陸開拓文藝懇話會라는 단체가 생겼고, 나도 그 일원인데 이 모임에 작품을 내지는 않았으니 대신 서문을 쓰라는 것이었다. 좋다고 받아들였다. 이 작품집은 결코 동료끼리의 칭찬이나 뒤가 구린 선전꾼이 될 필요가 없다. 왜냐하면 여기 늘어선 얼굴들은 누구나 우리 문단 일기당천의 젊은 무사들이며, 더구나 이 제군의 문학적인 재능과 정열은 이 대륙개척이라는 현대의 대서사시를 이야기하기에 가장 적절하다고 생각하기 때문이다.

모두 한 번 내지 두 번, 대륙으로 건너가 친근하게 '현지'를 보고, 탐색하고, 느끼고 온 사람들이다. 아마 쓰고 싶지 않은 일은 쓰지 않은 만큼, 이 이상 엄한 말은 없으리라. 동시에 이 이상 따스하고 강하게 '현지'와 '내지'를 잇는 마음은 없으리라고, 나는 믿는 것이다.

1939년 9월 28일

기시다 구니오岸田国士*

---

* 1890년 도쿄(東京)에서 군인 집안에 태어났다. 육군사관학교 졸업하고 소위로 임관 후, 문학에 경도되어 28세에 도쿄대학에 입학했다. 파리 유학 후 연극을 공부하고 귀국 후에는 메이지(明治)대학 교수가 되었다. 극단 문학좌(文学座)를 창설하고 왕성하게 희곡을 창작했다. 1940년부터 2년 동안 대정익찬회(大政翼賛会) 문화부장을 맡아 전후 공직에서 추방당했다. 1954년 뇌졸중으로 사망했다.

차례

새로운 출발

오타니 후지코

大谷藤子

오타니 후지코 大谷藤子, 1903~1977

1903년 사이타마(埼玉)현에서 태어났다. 다카미 준(高見順) 등과 『일력(日曆)』을 창간했다. 1934년 『개조(改造)』의 현상공모에 첫 여성 입상자로 등단했다. 1952년 여류문학자상, 1970년에는 여류문학상을 수상했다. 1977년 사망했다.

새로운 출발

미쓰코みつ子는 아까부터 손님이 신경 쓰이는 나머지 아무 일도 손에 잡히지 않아서 난처했다.

마침 미쓰코가 정원에 나오자 쉰 정도로 보이는 멋진 남자가 들어와서 "안녕" 하고 미쓰코에게 가볍게 인사하는 것이었다.

어머니 지시대로 돗자리를 펼치고 있던 미쓰코는 고개를 들고 혼자 얼굴을 붉혔다. 마을에서는 보기 드문 도회풍 남자는 미쓰코가 처음 보는 종류의 남자였다. 당황한 미쓰코는 쓰고 있던 머릿수건을 벗었지만 흐트러진 머리카락이 더 부끄러웠다.

그 사람은 잠시 발을 멈추고 미소 지으며 미쓰코를 내려다보았다.

무슨 일일까, 남자가 자기 모습을 가만히 지켜보고 있는 듯한 기분이 들어 미쓰코는 숨이 답답해졌다. 손을 멈춘 채 미쓰코가 어쩔 줄 몰라 하고 있자 남자가 다정하고 친근한 목소리로 말했다.

"그럼 이만 가보죠, 하던 일 계속하세요."

그리고서 미쓰코 곁을 떠나갔다.

곧 어머니가 평소와 달리 안절부절 못 하면서 나오셨다.

"아버지 못 봤니? 손님이 오셨는데 어딜 간 걸까."

어머니는 미쓰코에게 작은 목소리로 말하고는 서둘러 과수원 쪽으로 갔다.

미쓰코는 특별한 때만 하는 허리띠帯와 기모노로 갈아입은 어머니가 아버지를 찾아 달려가는 뒷모습을 전송하며 어머니와 마찬가지로 침착할 수 없었다. 미쓰코는 이렇게 소란을 떨게 되는 손님이 어떤 용무로 찾아왔는지 어렴풋하게나마 추측할 수 있었다.

미쓰코는 살며시 안채 쪽으로 가서 툇마루에 앉아 그대로 꼼짝도 하지 않았다. 이곳은 좀처럼 아무도 안 오는 곳이므로 살짝 숨어있는 기분이기도 했다. 사위가 고요해지자 파문이 일은 자신의 마음, 자기 가슴이 얼마나 크게 두근거리는지 뚜렷하게 알 수 있었다.

"어쩌면 좋지!"

금방 그렇게 생각했다.

"센키치仙吉 씨와 만나고 싶어."

그렇게 생각하자 센키치를 향하는 마음이 열정적으로 샘솟았다.

센키치와 만나야겠다고 결심하자 미쓰코는 약간 진정이 되는 기분이 들었다. 만나서 어떻게 될지는 모르겠지만, 어쩐지 절박한 마음으로 미쓰코는 센키치를 생각하고 있었다.

"미쓰코 씨, 미쓰코 씨."

어머니가 새삼스러운 목소리로 자신을 부르고 있었다.

작은 발소리가 나고 장지문이 살짝 열리더니 막냇동생이 단발 머리를 살랑이며 큰 소리를 냈다.

"언니, 여기 있었구나!"

드디어 발견했다는 듯한 동그란 눈은 언니를 발견한 것이 자랑스러워 보였다.

어린 여동생의 손에 끌려 미쓰코는 어쩔 수 없이 어머니가 있는 곳에 얼굴을 내밀었다.

손님은 이미 돌아갔고 아버지 모습도 보이지 않았다. 어머니만 홀로 기쁜 듯이 보였다.

미쓰코는 어머니뿐인 걸 보고 안심했지만, 기쁜 듯이 보이는 어머니의 모습에 마음이 무거워졌다. 그 웃는 얼굴에 미쓰코는 공감할 수 없을 것 같아 가만히 눈을 내리깔고 어머니 말씀에 귀 기울였다.

어머니 말씀은 대충 이런 이야기였다.

아까 손님은 미쓰코 부친의 옛 친구로, 도쿄에서 살고 있다. 지금은 성공한 사람이라는 소리를 듣는데, 더더구나 군수공업이 성행하게 된 다음에는 그 관련 사업도 중요해져 최고조를 향하고 있다고 한다. 재산도 상당한 모양이다. 미쓰코 아버지는 상경하면 반드시 들를 정도로 친한 사이지만 저쪽은 바빠 이런 시골까지 올 기회가 없었다. 그런데 갑자기 이렇게 일부러 찾아온 것은 미쓰코를 며느리로 맞이하고 싶다는 내심 때문이었다. 신뢰할 수 있는 옛 친구의 딸을 며느리로 맞아 당사자들의 행복만이 아니라 부모끼리도 지금보다 더욱 가까워져 즐겁게 지내고 싶다. 양가가 그런 사이가 될 수 있다면 얼마나 좋겠는가 생각하니 가만히 있을 수 없어서 바로 만나러 왔다. 일단 미쓰코의 용모를 슬쩍 보아 둘 생각이었던 것이다.

도쿄에서 일부러 이곳까지 온 데에는 그런 연유가 있었다.

어머니가 이런 식으로 미쓰코에게 들려주었다. 미쓰코는 요즘 부모가 나누는 이야기를 주워듣고 이런 일인 줄 이미 짐작하고 있었다.

"그래도 말이지. 미쓰코를 보기까지는 크게 걱정하셨던 모양이야. 만약 마음에 안 들 것 같으면 아무 말도 꺼내지 않고 돌아가실 셈이었다더라. 그런데 무척 마음에 들어서 이젠 미쓰코여야만 한다고 말씀하시는 거야. 민망할 정도로 칭찬하시더라."

어머니가 안심한 듯이 무척 기쁜 얼굴로 말했다.

미쓰코는 어머니의 그런 흥이 난 목소리를 어딘가 먼곳에서 듣는 것처럼 듣고 있었다. 자신이 모르는 사이에 그런 혼담이 진행되고 있었다. — 하지만 여자로서, 상대방이 그렇게 자신을 좋게 봐주는 건 역시 기쁘다.

"하지만 이것도 네 마음에 달렸단다, 결코 강요하지는 않을 테니까, ……잘 생각하고 대답하렴. 여자의 행복은 어떤 결혼을 선택하느냐로 결정되니까."

어머니가 다정하게 이렇게 말했다.

미쓰코는 깊이 고개를 끄덕였다. 어머니의 자애가 가슴 깊숙이

스며들었다. 미쓰코는 차라리 센키치 얘기를 고백하고 어머니의 다정함에 매달리고 싶은 기분도 들었지만 역시 망설여졌다.

센키치는 훌륭한 사람이다. 하지만 반은 거의 소작으로 살고 있는 집의 차남인 센키치는 전혀 생계를 꾸릴 방도가 없고 앞날은 고난뿐인 것이다. 똑똑한 만큼 센키치는 그런 자신의 앞날을 꿰뚫어 보고 이미 희망을 잃은 듯이 보였다. 경작할 자신의 토지도 단 한 줌의 흙도 없는 것이다. 자기 땅만 가질 수 있다면 얼마든지 일할 수 있는 남자인데, 애석하게도, 자기 능력을 발휘하지 못하고 암담해하고 있었다. 센키치는 자기 한 몸 건사할 방도도 아직 갖지 못하고 있는 것이다.

미쓰코는 그런 센키치를 어머니가 뭐라고 하실지 안 물어봐도 알 수 있을 것만 같았다. 어머니의 자애에 매달리면 오히려 그 자애 때문에 크게 비난받을 것임을 알고 있다. 특히 이런 화려한 혼담이 온 지금 센키치는 너무나 시시해 보일 것이 뻔하다.

미쓰코도 조금 마음이 흔들렸다. 그렇게까지 해서 센키치와 맺어져도 어쩔 수 없는 게 아닐까. — 하지만 그렇게 생각하는 마음 한 켠에서 바로 결혼의 행복은 둘이서 쌓아가는 거지, 라는 생각이 들었다. 생활도 둘이서 만들어가는 것이라 생각했다. 그야말로 믿을 수 있는 남자를 남편으로 택하고 싶다. 어머니가 말하듯이 여자의 행복이란 그런 것임이 분명하다. 신뢰할 수 있는 사람이 남편이기만 하다면 그 다음에는 무슨 일이든 둘이서 힘을 합쳐 새롭게 만들어가는 것이 진짜라고, 미쓰코는 생각하고 있었다.

어머니도 여자의 행복이라는 것은 오직 어떤 결혼을 택하느냐에 달려있다고 하셨지만, 어머니와 자신의 차이는 어머니는 이미 잘살고 있는 남자를 믿을 수 있는 남편으로 선택하라는 모양이나, 자신의 마음은 믿을 수 있는 남자를 선택해 함께 생활을 만들어가고 싶다는 것이다. 그런 식으로 미쓰코는 조용히 생각하고 있었다.

미쓰코는 센키치의 모습을 내심 은근히 그리게 되고부터 편한 생활은 생각할 수 없게 되었고, 집안사람들은 이상하게 여겼지만 가능한 부지런히 일하려 했다. 어머니가 말리는 것도 듣지 않고 고용인들에 섞여 서서 하는 일을 하기도 했다.

밤이 되자 예상 밖으로 센키치가 미쓰코 집에 찾아왔다.

센키치는 자기 아버지를 대신해 미쓰코의 아버지를 방문한 것이다. 미쓰코는 어떻게든 만나고 싶다고 생각하던 그 사람이 갑자기 나타나자 뭔가 멈칫하는 기분도 들었다. 센키치가 도쿄에서 온 손님 일을 알고 온 듯한 느낌이 들었던 것이다.

가만히 정원에 내려와 미쓰코가 기다리고 있자 이윽고 용무를 마친 센키치가 밖으로 나왔다.

"센키치 씨!"

작은 목소리로 부르고 미쓰코가 합류하자 센키치는 묵묵히 고개를 끄덕이고 통로 쪽으로 나갔다. 미쓰코도 뒤따라갔다.

"왜 그래?"

그렇게 말하고 센키치는 돌아서서 미쓰코를 들여다보았다.

두 사람은 좁은 길로 꺾어 들어가 사람 눈이 안 닿도록 조심스럽게 함께 걸었다.

미쓰코는 이번 혼담 일을 센키치에게 말하며 불안한 기분이 들어 견딜 수 없었다. 도중에 몇 번이나 그만둘까 싶어 입을 다물었을 정도로 불안한 기분이 들었다. 미쓰코는 지금이야말로 센키치의 마음을 사로잡고 싶었다. 센키치는 지금까지 단 한 번도 미쓰코에게 애정을 말로 표현한 적이 없었다. 두 사람이 이런 식으로 대화하는 것도 처음이었다.

"그래서?"

미쓰코가 입을 다물 때마다 센키치는 그렇게 말하며 재촉했다. 감정이 드러나지 않은 센키치의 태도에 미쓰코는 그 기분을 짐작할 수 없어 불안이 커졌다.

"그 얘기는 좀 듣기는 했어. ……마을은 소문이 빨리 퍼지니까."

미쓰코의 이야기를 다 들은 센키치는 낮은 목소리로 그렇게 말하고 한동안 묵묵히 걸었다.

미쓰코는 역시 센키치는 알고 있었는가, 생각했다. 그래서 찾아온 것이 틀림없다고 생각하자 기뻤다.

미쓰코는 센키치가 단 한 마디를 해주기를 기다리고 있었다. 그 한 마디를 듣기 위해 안색이 약간 창백해질 정도로 긴장하고 가슴이 두근거렸다.

갑자기, 분명한 목소리로, 센키치가 이렇게 말했다.

"좋은 일이라고 생각해. 아버님이나 어머님이 그렇게 열심히 말씀하시는 거면, 헛되이 하지 말고…… 나는 좋은 일이라고 생각해."

"센키치 씨……."

미쓰코는 그렇게 말하고 아무 말도 하지 못했다.

센키치는 다시 입을 다물고 한동안 걷더니 혼잣말처럼 말했다.

"난 말이지, 어쩔 수 없는 것 같아. 가난한 농가에 태어난 차남은 어떻게 하면 잘 살 방도가 있을지, 요즘은 그것만 열심히 생각하고 있는데……. 도저히 결혼까지 생각할 수도 없고, 당분간 인연이 없을 것 같아."

미쓰코는 울음이 터질 것 같은 애절한 기분으로 센키치의 혼잣말을 듣고 있었다. 센키치는 구질구질한 태도를 보이지는 않았지만, 넓은 어깨 부근이 쓸쓸해 보였다.

두 사람은 가만히 멈춰선 채 견딜 수 없는 듯한 기분으로 서로 아무 말을 할 용기도 찾지 못했다.

그로부터 열흘이 지나 미쓰코는 뜻밖에 센키치의 편지를 받았다.

어째서 편지를…… 깜짝 놀란 미쓰코가 뒷면을 보자 센키치가 '××훈련소'에서 보낸 것이었다.

"……이렇게 희망에 넘쳐 매일 열심히 살고 있었습니다. 용기백배하여, 라고 한다면 당신은 웃으실지도 모르지만 실제로는 그 이상의 기분을 조금 줄여 말하고 있을 정도입니다. 이제야 제가 바라마지않던 단 하나의 생활이라 할 만한 생활을 저는 손에 넣었습니다. 저는 환호성을 지르고 싶습니다.

지금까지 저는 여러 희망을 가졌습니다. 그것은 늘 분수에 맞지 않는다고 생각했습니다. 그런데 여기 오고부터는 그 희망이 너무나 작아 예전의 자신이 우스울 정도로 제 앞날에 있는 생활은 거대합니다. 제 지금까지의 처지나 기분을 다소나마 아는 당신께서는 지금 제 기쁨이 얼마나 깊은지도 이해해주시겠죠.

저는 지금까지 죽어있던 것과 마찬가지입니다. 그러나 지금은 생명이 타오르고 있습니다.

제가 받고 있는 것은 이민자 단기훈련입니다. 이윽고 머지않아 끝나면 도만渡滿할 수 있습니다. 만주로 건너가는 것은 늦어도 구월 초순이겠죠.

여기 훈련소에서는 신부新婦훈련이라는 것도 하고 있는데 아가씨들이 실로 기운에 넘칩니다.

이쪽으로 출발할 때 한번 뵙고서 이야기하려 했습니다만 오히려 안 좋을 것 같아 말하지 않고 왔습니다. 용서해주십시오.

생각해보면 당신의 마음이 무언의 격려가 되어 저는 오늘까지 빈손으로 생활을 움켜쥐려 해왔습니다. 지금 생각하면, 저는 오늘 같은 시대에는 차남의 자유로움이 새로운 생활을 개척할 수 있는 것으로서 귀하게까지 느껴집니다. 이곳에 와서 이런 기분을 전하고 싶어, 당신께 먼저 편지로 전하고픈 것은 감사입니다."

편지에는 센키치의 밝은 기분이 넘치고 있었다. 미쓰코는 다 읽고 그날 밤의 센키치와는 사뭇 다른 사람처럼 느껴지는 강인한 말이 마음에 닿았다. 역시 센키치는 스스로 앞날을 개척했다. 중압에 짓눌려 그대로 시들 남자가 아니었던 것이다. 괴로웠던 만큼 더욱 크게 일어서는 …… 그런 센키치가 보통 사람일 리 없었다. 센키치야말로 훌륭하게, 힘껏, 해낼 것이 분명하다.

미쓰코는 자신도 앞날이 환히 열리는 듯했다. 센키치가 이렇게까지 말한다면 틀림없이 보람 있는 삶이 분명하다고 미쓰코는 생각했다. 미쓰코는 이민이나 만주에 관해 센키치에 묻는 내용의 답장을 보냈다.

"어머나, 만주까지 가지 않아도 될 텐데. ……불쌍해라."

미쓰코의 어머니는 센키치를 동정했다.

"마을에 있으면 태어난 땅이니까 어떻게든 생활할 수 있겠지만 그렇게 먼 곳에 가면 의지할 사람도 없고……어쩌려는 거람."

어머니는 그런 식으로 답답한 소리를 하며 걱정했다. 듣고 있던 미쓰코 아버지가 말했다.

"여보, 그야 이 땅에 있어도 먹고살기야 하겠지만 말이지. 그뿐이라면 삶의 의욕이 없지 않겠나. ……센키치 군은 대단하군. 그렇게까지 안 한다면 진심이 아닌 게지."

아버지는 그렇게 몇 번이고 고개를 끄덕였다. 마치 센키치가 눈앞에 있는 것처럼 끄덕였다.

"고향에 눌러앉는 것만 생각하니까 모두 작아지기만 하는 게야. 서로 살기 힘들어져 함께 쓰러지는 거지. 센키치 군이 돌아오면 마을청년들도 지도해달라고 해야겠군." 아버지가 그렇게 말했다.

미쓰코는 슬쩍 아버지 마음을 확인하고 싶어 말했다.

"거기다 신부훈련이라는 것도 있다네요. 이주하는 분의 신부 양

성소인 거예요. 제가 남자라면 아버지가 말씀하시듯이 나가서 훌륭한 사람이 될 텐데……그 신부훈련이라는 걸 받아볼까요."

"어머, 너는 무슨 소리를 하는 거니. 혼담이 시작되는 때에 무슨 엉뚱한 소리를 꺼내고……농담도 적당히 하렴."

어머니가 깜짝 놀란 듯이 이렇게 말했다. 미쓰코는 은근히 진지한 마음으로 농담인 척 부모의 마음을 알려고 서둘렀다.

"하지만 아버지는 좋다고 하실 것 같아요."

미쓰코가 웃으며 어머니에게 말하고 아버지 얼굴을 바라보았다.

"나는 그런 말 안 한다. 농담이라도 그런 소리를 하면 안 된다. 누구나 센키치 군처럼 될 수 있는 게 아니니까."

아버지는 갑자기 표정을 굳히고 미쓰코에게 두 번 말하게 하지 않았다.

하지만 미쓰코는 "언젠가, 꼭!" 하고 생각했다.

"꼭 아버지 어머니도 알아주실 게 틀림없어."

미쓰코는 그 마음에 기대어 겨우 미소짓고 있었다. 아버지도 어머니도 미쓰코의 일시적인 변덕이라고만 여기고 이해해주지 않았다.

하지만 어머니는 그때부터 가끔 미쓰코를 걱정스럽게 바라보게 되었다. 어머니의 깊은 마음으로 딸의 마음속에 무슨 일이 있음을 눈치 챈 듯이 염려가 담긴 눈으로 지켜보았다. 어머니는 미쓰코의 애처로운 눈초리 속에서 무언가를 읽어내려 했다. 어느 날 드디어 어머니는 이런 식으로 말했다.

"뭐든 털어놓아보렴. 상담해줄게, 고백하면 생각해볼 수 있고,

좋은 아이디어가 떠오르는 법이니까."

어머니가 아주 다정하게 말하자 미쓰코는 감사함에 눈물이 흘렸다.

미쓰코는 어머니에게 마음속을 남김없이 털어놓았다. 어머니는 묵묵히 끄덕이며 들어주었다.

그로부터 일 년이 흘렀다.

미쓰코는 어머니 지시를 받아 마당에 돗자리를 펼치고 있었다.

마침 거기에 "우편이요!" 하며 배달부가 두 통의 편지를 내밀었다.

편지는 만주에 있는 센키치가 미쓰코의 아버지와 미쓰코에게 보낸 것이었다. 그 편지에 따르면 센키치는 머지않아 미쓰코를 맞으러 귀국한다고 했다.

미쓰코는 삼 개월쯤 전에 신부학교를 졸업했다.

"센키치 씨도 지금까지 고생이 많으셨겠지만 나도 고생했어요. 아버지, 어머니도 요즘에는 무척 기뻐하시고 아버지는 마을에 이민훈련소를 세우고 싶다고 열심이시지만 그렇게 될 때까지는 나도 이만저만 고생이 아니었다구요. ……하지만, 앞으로는, 이제 괜찮아요. 그저 힘을 합쳐 새로운 생활을 만들어갈 뿐이니까……."

미쓰코는 멀리 있는 센키치에게 말을 걸듯이 그렇게 마음속으로 말했다.

그리고 일어나 환한 얼굴로 잠시 먼 산을 바라보며 서 있었다.

불꽃

다고 도라오
田鄕虎雄

다고 도라오 田郷虎雄, 1901~1950

1901년 나가사키(長崎)현 사세보(佐世保)에서 태어나 나가사키사범학교를 거쳐 소학교 교원으로 근무했다. 1931년에 『개조』 현상공모에 희곡 「인도(印度)」가 당선되어 문단에 데뷔했다. 전후에는 대정익찬회(大政翼賛会)에서 활동한 것을 후회하여 절필했다. 1950년 사망했다.

불꽃

1

고등과 이학년 남자반 담임인 마키 겐스케真木研介는 청소당번 검사를 하러 온 김에 혼자 교실에 남아 학생의 철자를 첨삭하고 있었다.

"마키 선생님, 여기 계세요?"

그때 심상소학교尋常小學校 사학년 여자반을 맡고 있는 하시모토 히데코橋本秀子 선생이 문가에서 얼굴만 쏙 내밀고 말을 걸었다.

"저, 잠깐 선생님하고 내밀하게 할 얘기가 있는데요. ……지금 바쁘신가요?"

늘 그렇듯이 구김살 없는 태도였다.

"아니오, 괜찮습니다. 들어오세요."

마키는 쥐고 있던 붉은 펜을 내려놓고 잉크 뚜껑을 닫은 다음 자리에서 일어섰다. 자신이 앉아있던 교탁 앞의 등받이가 없는 둥근

등나무 의자를 꺼내 하시모토 선생에게 권하고, 자신은 학생 의자를 하나 꺼내 조금 떨어져 앉았다.

"뭔가요 그 내밀한 이야기란? 또 선 얘기인가요."

마키는 드물게 씨익 웃으며, 하시모토 선생의 주름살은 깊이 파였지만 도저히 쉰 살에 가까운 사람으로는 보이지 않는 반지르르 광택이 도는 흰 이마를 똑바로 바라보았다. 호인이고 모자母子정도로 나이 차이가 나는 노교사에게는, 무뚝뚝하고 진지한 마키도 농담 같은 말투가 불쑥 튀어나오는 것이었다.

"선생님 친절은 정말 감사합니다만, 그 얘기라면 늘 말씀드리듯이 당분간은."

"아뇨, 아뇨" 하고 하시모토 선생이 말을 끊었다. "오늘은 그 얘기가 아니에요, 선생님의 당분간은 언제가 될지 알 수 없으니 어쩔 수 없이 그 얘기는 당분간 포기하기로 했죠."

하시모토 선생이 눈을 초승달 모양으로 가늘게 뜨고 웃었다. 하지만 그 웃음은 금방 사라졌다.

"농담하는 게 아니에요, 선생님, 실은 말이죠, 어젯밤 기타가와北川댁 아버님이 저를 찾아 오셔서요……."

"기타가와? 기타가와 마사유키正之 말인가요."

"어머, 어째서 마사유키의 아버지라고 생각하시죠……?"

"……그렇죠, 마사유키에게는 아버지가 안 계셨죠."

"찾아온 건 우리 반 기타가와 미사오みさを의 부친이에요."

"아아, 그럼 마사유키의 백부로군요, 그 완고한 아저씨?"

"네, 바로 그 완고한 아저씨죠, 그 완고한 아저씨가 한잔 걸치고서 다짜고짜 찾아왔는데, 그게 진짜 엄청 험악해서 말이죠, 나 혼자서는 상대를 할 수 없을 것 같아서 결국 남편까지 나와서 여러모로 달래서, 어쨌든 어젯밤은 돌아갔는데 말이죠……."

"그래서 어쩐 일인가요, 기타가와 씨가? …… 저에 관해 무슨 말이라도 했나요?"

"네, 그게 말이죠, …… 아니, 선생님에게는 솔직히 말할게요. 실은 말이죠, 그게, 선생님의 척식拓植교육, 의용대……."

"네, 제 척식교육, 그게……?"

마키는 의자를 끌어당겨 하시모토 선생님 쪽으로 당겨앉았다.

"기타가와 씨는 그게 문제라는 건가요."

"그야, 선생님 취지는 우리도 잘 알고 훌륭한 일이라고 생각하니까 우리는…… 남편까지 함께 그 사람에게 열심히 설명했지만……."

"……촌회村會 의원이나 마을 조합 이사까지 맡을 정도인 사람이 어째서 그렇게 이해하지 못하는 걸까요."

마키가 탄식했다.

"그 사람이 말하는 건요, 당신들에게 설교 들을 것도 없이 국책이민이나 만몽개척의용군의 취지는 불초하나마…… 그래, 그 사람은 그렇게 말했어요. 불초하나마 이 기타가와 효고로兵五郎도 충분히 이해하고 있다. 하지만 마키 군처럼 개나 소나 만주로 가라, 만주에 가라며 아이를 부추기면 이제 마을에 젊은 남자애가 없어진다. 그렇게 되면 커다란 사회문제라는 거에요."

"바보 같은! 너무 심한 오해입니다."

"즉, 기타가와 씨가 하고 싶은 말은 선생님의 척식교육이 문제라는 게 아니라 자기 조카인 마사유키가 의용군으로 가고 싶다고 말을 꺼내면 곤란하다는 거죠. ……네, 마지막에는 본인 입으로 그렇게 분명히 말했어요. 마사유키에게 부친은 없지만 자기 누이의 외아들 일이고 이 효고로가 있는 한 결코 남의 괜한 간섭은 용납하지 않겠다고요."

"잘도 그런 소리를 하는군요. 지금까지 한번도 백부다운 행동을 한 적도 없는 주제에! 그러나 그런 일이라면 직접 저나 교장에게 말하면 될 걸, 어째서 직접 관계도 없는 선생님한테……."

그렇게 말하기는 했지만 이유는 알고 있었다. 마키는 현縣은 같은 K현이지만 이 T군郡 출신은 아니었다. 현청 소재지인 K시 출신이었다. 구습에 사로잡히기 쉬운 마을사람들이 보기에는 말하자면 타지 사람이었다. 학생들 사이에서는 인망이 있어도 마을사람들은 경의와 함께 그와 같은 정도의 경원이 담긴 눈으로 바라보았다. 상대에 따라서는 그 강경일변도인 성정을 꺼리기도 했다. 그에 비해 하시모토 선생은 그 친가도 시가도 선조 대대로 이 마을에서 살았고, 모두 마을의 명가로 오래된 집안이었다. 학교 관련으로 무슨 문제가 생기면 마을사람들은 종종 교장 집이나 담당 교사보다 먼저 하시모토 선생 집을 찾았다.

하지만 그렇다고 해도 그 오만불손한 기타가와 효고로가 마음약한 마을사람들과 같은 전철을 밟는다는 건 다소 안 어울리는 얘기가 아닐까…….

"아니, 감사합니다, 선생님! 알려주셔서 다행입니다. 마을 유력자 사이에 그런 의견이 있다는 걸 충분히 유념하고 진행하겠습니다."

"부디 그래주세요, 완고한 사람이어도 어쨌든 말씀하시는 대로 유력자니깐, ……더구나, 그 사람 경우에 따라서는 현청에든 어디든 가서…… 투덜대는 정도니깐요."

"경우에 따라서는 저를 이 마을에서 내쫓겠다는 거군요."

마키가 웃고는 말을 이었다.

"그것도 좋겠죠, 저는 어디에 가든 믿는 일을 할 겁니다. ……아뇨, 하시모토 선생님, 저는 그렇게 생각합니다, 일개 소학교 교사로서 제게 이 척식교육 관련 사업은 결코 작은 일이 아닙니다, 실로 거대한 일입니다, 거대한 일에는 그러나 반드시 큰 장애물이 따라오죠. 이미 각오는 되어 있습니다. 어쨌든 때를 봐서 효고로 씨는 물론 마사유키 군이나 어머님과도 만나 무릎을 맞대고 터놓고 얘기해 보겠습니다."

2

기타가와 마사유키의 집은 마키가 방을 빌린 묘호시妙好寺와는 반대쪽에 있는 마을사무소*에 가까운 S부락部落**에 있었다. S부락에는……이 마을 전체 삼백 호가 안 되는 작은 마을치고는 드물게 마을사무소를 중심으로 일고여덟 집이 한데 모여 있다. 그 집집마다 대부분 농사를 지으며 작은 장사를 했다. 기타가와 네는 담배와 잡화점이었다. 그러나 이곳은 젊은 미망인인 마사유키의 어머니가 경영하고, 그 장사가 생활의 전부였다. 농사는 짓지 않았다.

마사유키의 아버지는 세무사였다. 칠 년 전에 근무지 나가사키長崎시에서 죽었다. 마사유키 모자는 그 이듬해에 어머니의 고향인 이 마을로 돌아왔다.

가게에는 마침 마사유키가 혼자 있었다.

"안녕, 어머님은?"

마키가 느릿느릿 가게 앞에 섰다.

다다미에 엎드려 책을 읽으며 가게를 보던 마사유키가 당황해 벌떡 일어나 꾸벅 고개를 숙였다. 희고 상냥한 갸름한 얼굴의 뺨이 수치로 붉어졌다. 아름답다……고 마키는 생각했다. 마을 아이들 중에서는 좀처럼 못 보는 얼굴이라고 생각했다. 그것은 그가 도회

* 마을의 행정 사무를 맡아보는 기관.

** 과거 일본 농촌의 말단 행정단위이다. 촌락공동체적 성격이 강했다. 이 책에서는 일본내 피차별부락이 아니라 농민 생활의 기본적인 생활단위를 가리키는 역사적인 용어로서 사용한다.

지에서 자랐기 때문만은 아니었다. 그 순한 서정시풍의 풍모에는 아마도 그 아버지나 어머니의 먼 선조로부터 이어받아 그에게 전해졌을 핏줄로 전해지는 세련됨과 품위가 있었다.

하지만 그의 어머니가 기타가와 효고로와 같은 피에서 나왔다는 것은 아이러니한 일이었다.

마키가 이어서 물었다.

"어머니는 외출하셨니."

"네."

마사유키는 갑작스러운 선생님의 방문에 어떻게 대접해야 하는지 당혹했다. 기쁘기는 하지만…….

마사유키는 양손을 '버팀목'처럼 무릎에 세우고 우물쭈물했다.

"실은 너에 관한 일로 지금 백부님도 뵙고 온 길인데."

"……?"

마사유키의 눈이 슬쩍 마키의 얼굴을 올려다보았다. 크고 시원한 눈이었다, 속눈썹이 길고……. 순간 마키는 등줄기에 수은 방울이 흐르는 듯한 시원함을 느끼고 부르르 가볍게 몸을 떨었다. 팔 년간의 교직생활 중 자기 제자에게 이런 느낌을 가진 적은, 적어도 마키에게는 한번도 없었다.

소년이 뭔가 거대한 존재로 보였다. 하지만 마키는 소년의 눈을 똑바로 쳐다보며 말을 이었다.

"그래서 그 일로 어머님과도 상담을 하고 싶어서 왔는데, ……어머님이 돌아오시려면 아직 한참 걸리실까?"

"아뇨, 이제……."

그 다음을 기다렸지만 말은 이어지지 않았다. 마키가 뒤를 이었다.

"이제 곧 돌아오실 때니."

"네."

"그래, 그럼 잠시 여기에 앉아 있을까."

마사유키는 지금 자신이 무엇을 해야 하는지 이해했다. 그는 슥 일어나 벽장을 열고 방석을 하나 잡았다. 방석은 군데군데 구멍이 뚫려 흰 솜이 엿보였다. 그는 긴장으로 몸이 굳을 것처럼 어색했지만 "선생님" 하고 부르고는 그것을 마키 쪽으로 내밀었다.

"이런, 고맙다."

선생님과 학생은 다다미 한 장을 사이에 두고 이야기하기 시작했다.

"뭘 읽고 있었니? 아, 북만北滿이민 안내서구나. 다 읽었니."

"네, 벌써 세 번……."

"세 번? 세 번이나 다시 읽은 거니."

"네."

"그건 대단하구나……."

"선생님, 전 어떻게든 의용군에 참가하겠다고 결심했습니다."

"아니, 그 얘기 말인데, 실은 선생님이 효고로 백부님께 엄청 책망을 당한 참이란다."

"……?"

소년의 눈이 불안한 듯 선생님 얼굴을 올려다보았다.

"아무래도 너는 외동이고, 네가 떠나면 어머님 혼자 남으시니 백부님 말씀도 이해할 수 있지. 더구나 나는 처음부터 말했듯이 대륙 진출은 원칙적으로 차남이나 삼남이 가야 한다고 생각한단다."

"하지만, 선생님! 어머니는 어, 언제나 말씀하세요, 꼭 가고 싶으면 가도 된다고."

"그야 너처럼 우수한 소년이 가주면 무척 기쁜 일이지만, …… 하지만 어떠니, 마사유키 군, 너는 방향을 바꿔 고등과가 끝나면 어디 학교에 안 갈래. 그러면 선생님도 백부님에게 꼭 부탁드릴 테니까."

"선생님, 저, 저는 한번, 중학교에 간 적이 있습니다, 하지만……."

마사유키가 격한 기세로 그렇게 말을 하려 했지만 도중에 말이 끊어졌다. 고개를 푹 수그리고 눈꺼풀을 주먹으로 슥슥 문질렀다.

"안다."

마키가 크게 끄덕였다.

일단 중학교에 입학했던 마사유키가 중학교에서 고등소학교로 전입해야만 했던 것은, 백부에게 기대했던 학자금 원조를 얻지 못했기 때문이었다.

그 백부가 마사유키의 의용군 지원에는 소년의 무모한 꿈이라며 정면으로 반대하고 있는 것이다.

소년의 꿈이란 무엇일까.

오늘날 세계가 막다른 곳에 이른 것은 사람들이 소년 시절의 꿈을 저버리고 돌아보지 않았기 때문인 것이 아닌가.

그렇게 말하면 사람들은 비웃을까.
비웃을 사람은 웃으라지.
"어쨌든 그러면 어머니를 기다려보자."
마키는 한쪽만 신발을 벗고 그 발을 다른 무릎 위에 겹쳤다.
가을 해는 일찌감치 지기 시작했다.

3

마키가 제자들에게 의용군을 권한 동기는 결코 어제 오늘의 발상이 아니었다. 오래전부터 만주개척에 큰 관심을 갖고 그 중요성을 통감하고 있었다. 그의 이 생각에는 만몽개척이 국책이 되고 국민운동이 되는 데 이르자 이윽고 흔들림 없는 신념으로까지 고조되었다. 신념은 실행을 요구했다. 그리고 그 실행의 기회는 그가 고등과 이학년 담임이 되었을 때 당도했다. 마키는 교장이나 동료 중에서 동지를 모아 척식교육에 착수했다.

척식교육의 첫걸음을 그는 자기 자신이 현지를 아는 데서부터 시작했다. 사십 일의 여름방학을 이용하여 그는 우치하라内原의 훈련소에서 배우고 북만의 이민지를 시찰했다. 그리고 이학기부터 그 교육을 실행하기 시작했다. 강연회, 영화선전, 등사판으로 팜플렛 발행…….

그가 노력한 결과는 제자들에게 바로 나타나, 육십 여 명의 학생

중 삼십 명 가까이가 의용군에 지원했다. 그러나 학생 자신은 그러겠다고 해도 학생 가정의 조부모나 양친의 이해를 얻는 것은 결코 쉬운 일이 아니었다.

마키가 학생의 가정을 방문한 것은 결코 오늘이 처음이 아니었다. 꽤 많이 찾아갔다. 밤 열한 시, 열두 시까지 끈기와 열의를 짝으로 삼아 끈질기게 논하고 설득하는 일도 드물지 않았다.

……귀한 아들을 속여 만주로 보내다니, 언어도단이다. 나는 결코 네가 말하는 대로 안 한다.

……무엇보다 십 정보町步의 토지를 어떻게 경작한단 말인가. 선생님들은 모르시겠지만, 한 단段 밭의 잡초 뽑기도 쉬운 일이 아닙니다.

……더구나 더위와 추위가 극심한 곳이라는데 의사도 제대로 없다니, 병이라도 걸리면 어쩔 겁니까?

그리고 마적馬賊은 어쩔 건데? 당신은 우리 집 손주를 마적들 한가운데 던져 넣으려는 건가!

그가 반대파인 보호자에게 들은 말은 그런 것들이었다. 그러나 그의 마음속에 타오르는 신념의 불꽃은 이윽고 마을사람들의 완고한 마음에도 불을 붙일 수밖에 없었다.

지금은 벌써 삼십 명 가까운 지원자 중 스물세 명까지 가족의 승낙을 얻었다. 하지만 오늘 같은 입장이 된 것은 처음 있는 일이었다. 모자 단 둘뿐인 이 가정에서 그 아들을 광야로 보내는 것이 과연 옳은 일인지. 신념으로서는 옳다고 생각한다. 다만 인정으로는 내키지 않는 것이다.

어쨌든 그 어머니를 만나고 싶었다.

마키는 길거리를 주시했다. 길가는 이미 밤이었다.

"어머니가 늦으시는구나."

4

어머니와 그 아들의 스승이 어두한 전등 아래에서 마주보고 앉았다. 아들은 약간 떨어져 양손을 무릎 위에 올려놓고 선생님과 어머니의 말을 한 마디도 놓치지 않으려 귀를 기울이고 있었다.

"이 애가 여덟 살, 막 심상소학교 이학년이 되었을 때였습니다, 평소 건강했으니 사오일 쉬면 틀림없이 다시……, 본인도 그렇게 생각했고 저도 그렇게 생각했는데, 그게요 선생님……."

그렇게 말하다가 어머니는 살짝 손가락을 눈가에 댔다. 마키는 크게 끄덕이고 말했다.

"잘 알았습니다. ……마사유키 군을 이렇게 키우신 데는 어머님의 고생도 적지 않으셨겠죠."

"그건 진짜 힘들었답니다. 하지만 이 애 덕분에 저도 살아갈 보람이 있었습니다, 만약 이 아이가……."

어머니의 말은 눈물로 사라졌다.

"그렇고말고요, 그러나 마사유키 같은 착한 아들이 있으니, 부인…….”

그렇게 말하려다 문득 마키가 화제를 바꾸었다.

“실은 말이죠, 부인, 이렇게 말하는 저도 일곱 살 때 부친을 여의고 열네 살 때는 모친을 여윈 몸이랍니다.”

“어머, 선생님께서요……?”

어머니가 무심코 얼굴을 들고 마키를 올려다보았다. 두 사람의 시선이 마주쳤다. 그 순간 마키는 눈을 피했다. 기이한 전율이 등줄기에 흘렀다. 아까 소년의 눈에서 느낀 그것과 같은 성질의 것이었다. 다만 아까 그것보다는 보다 절실한 느낌이 있었다. 그래도 이 모자는 얼마나 서로 비슷한 아름다운 눈과 아름다운 얼굴을 갖고 있는가 생각했다. 모자가 서로 빼닮았다는 사실에…… 같은 피를 나누고 있음에 어떤 질투까지 느꼈다. 이 감정은 대체 무엇일까? ……마키는 고개를 흔들고 자세를 고쳤다.

“이런, 괜히 실례했습니다. 그럼 어쨌든 마사유키 군에게는 제가 다시 잘 얘기해두겠습니다, 마사유키 군에게는 평생 곁에서 어머니를 돌봐드려야 한다는 중요한 의무가 있으니까요.”

“아니오, 선생님, 자식이라는 건 때가 오면 언젠가는 반드시 어미 곁을 떠나는 법입니다. ……이 아이가 진심으로 그것을 원한다면, 저는 의용군이건 무엇이건 기쁘게 보내줄 생각입니다.”

“아니, 그, 그건……?”

“아니오, 결코 일시적인 생각이 아닙니다. 이미…….”

어머니는 무언가 긍지 높은, 서늘한 미소까지 띄우고 말했다.

"이 아이에 관해서, 저는 이미 칠 년 동안 계속 생각해왔으니까요……. 그러니 부디 선생님, 이 아이를 위해서라도 잘 이끌어주십시오."

5

봄이 왔다. 남국에는 벚꽃이 피었다.

마키의 제자는 육십 명 중 삼십이 명까지 ……물론 가족의 승낙을 얻어 청년의용군*에 지원했다. 그리고 선정 결과, 스물여덟 명이 합격했다. 스물여덟 명의 늠름한 '대륙의 아이'들은 촌장과 마키 선생이 인솔하여 현청이 있는 K시를 방문했다. K시에는 현의 모든 '대륙의 아이'들이 모였다. F신사 앞에서 현縣지사의 임석 하에 장대한 장행식이 열렸다.

대륙의 아이들은 많은 현민의 만세 소리와 깃발의 파도로 전송을 받으며 K역에서 우치하라 훈련소를 향해 출발했다.

사람들은 감격의 도가니였다.

"마키 선생님, 선생님 덕분에, 덕분에……."

그 아이들을 태운 기차가 이윽고 노선 저편으로 사라졌을 때, 마사유키의 어머니가 그렇게 말하며 살며시 손수건을 눈가에 댔다.

---

* 청소년의용군의 오기로 추정된다.

마키는 답할 말이 없었다. 옳은 일을 했다는 신념은 흔들리지 않았다. 하지만 어떤 말로도 그 신념 깊은 곳에서 배어나오는 비장한 감격을 표현할 수 있는 말이 없었다.

그때 인파 속에서 얼음처럼 차가운 목소리가 들렸다.

"흥, 철없는 아이를 부추길 뿐인가, 친절한 척하며 어머니한테까지 손을 대고…… 그것으로 유명해지려는 교원도 있으니 말이야, 흥, 올해 봄에는 꽤나 월급이 오르겠지. 젠장 우습지도 않군, 그렇게 훌륭한 만주라면 네가 제일 먼저 가면 될 걸."

기타하라 효고로였다.

마키는 무심코 굳게 주먹을 쥐었다. 그러나 그것을 휘두르는 것은 간신히 참았다.

어쨌든 큰일에는 늘 크고 작은 장애물이 따라오는 법이 아닌가.

청동青桐*

유아사 가쓰에
湯淺克衛

* 벽오동. 열매를 맺고 껍질이 푸른 오동나무를 가리킨다.

유아사 가쓰에 湯淺克衛, 1910~1982

어린 시절 조선 수비대인 아버지 때문에 경상남도, 평안북도, 에히메(愛媛), 벳푸(別府) 등을 전전하다가 1916년에 경기도 수원에 이주하였다. 1927년에 경성중학교를 졸업하고 이듬해 와세다(早稲田) 제1고등학교에 입학했다. 1935년에 3·1운동을 소재로 한 「간난이(カンナニ)」를 발표하는 등, 초기에는 식민지의 현실과 재조(在朝)일본인으로서의 자의식을 묘사했다. 1936년에는 혼조 무츠오(本庄陸男), 이토 세이(伊藤整) 등과 함께 제2차 『현실(現実)』을 발족했다. 같은 해 3월에는 『인민문고(人民文庫)』에 참가, 「담배(莨)」, 「성문 거리(城門の街)」를 발표하며 프롤레타리아문학으로 기울어졌다. 그러나 1939년에 국책단체 대륙개척문예간화회(大陸開拓文芸懇話会)에 참가하고, 제1회 대륙개척 국책펜부대(1939.4.25~6.13)를 시작으로 만주의 일본인이민단, 훈련소 등을 지속적으로 방문했다. 만주를 소재로 한 작품으로 「선구이민(先驅移民)」, 『머나먼 지평(遙かなる地平)』, 『유일한 태양 아래에서(二つなき太陽のもとに)』, 『신생(新生)』 등이 있다. 전후 일본으로 돌아가 브라질이민 등을 주요 소재로 삼아 작품 활동을 지속했다. 1982년 사망했다

청동

1

사촌 가네에かね枝의 혼사가 갑자기 결정되자, 시게타繁太는 자신이 그 결혼에 한 몫 했다고 할 정도인데 어쩐지 쓸쓸하고 가슴이 콱 막혀왔다.

안쪽 부락의 스케타로助太郎 씨가 만주에서 '대륙의 신부'를 데려가려 돌아왔다……는 소문이 마을 회합을 통해 퍼졌지만, 시게타는 그 소식을 다음날 본가에 가서야 처음 들었다.

학교가 끝나면 요즘에는 습관처럼 반 아이들이 한 덩어리가 되어 출정군인 가족 집에 일을 거들러 가는데, 평소 학교 운동장의 연장일 뿐이라 왁자지껄 떠드는 바람에 잠든 아기는 깨고 농기구는 더러워진 채로 방치되니 오히려 오지랖이라 해야 한다……며 본가 큰아버지는 크게 웃고는, 한 무리가 와아아 달려들어 오기라도 하면 "정원 풀이라도 뽑아라"며 밭에서 고함을 치곤 했다.

고풍스러운 문에 딸린 작은 행랑채門屋와 본채 사이에 옛날에는 더 가꾸었다는 작은 정원이 있어 체조하는 듯 기묘한 모습의 나무들이 서있었다. 지금은 그 사이로 벌통이 대여섯 개 있어 일벌들이 위이잉 소리를 내며 주위를 날아다녔다. 꿀을 많이 채취했을 때는 그 소란이 한층 심해져, 벌소리에 익숙한 큰아버지까지도 아니, 벌떼가 벌집 근처에서 피우는 것 같은 이 난리*는 다 무어냐……며 깜짝 놀라는 일도 있었다.

소학생 한 무리는 처음에는 조용히 풀을 뽑고 있었지만 누군가가 "보라 동해東海 하늘이 밝으니……"** 노래하기 시작하면 합창이나 휘파람으로 따라 부르며 풀을 뽑는 손에도 기세가 올라 둥둥둥 행진 같은 박자가 생겼고, 마지막에는 우와아아 소리를 지르며 풀을 내던져 엄청난 속도 ……그 대신 닥치는 대로 일을 한 탓에 지면은 흡사 종기 난 꼴이 되거나 비뚤 빼뚤 머리를 깍은 모양새로 풀이 듬성듬성 남아 참담한 꼴이 되었다.

그러면 큰아버지가 와서 "아니, 이 무슨 벌떼 같은 소란이냐"며 벌 취급을 하며 화를 내는 것이었다.

"그 풀 다 모으고, 듬성듬성 깍은 곳도 마저 깎고, 그게 끝나면……."

---

* 성장한 일벌이 벌통 주위의 특징을 기억하기 위해 군비(群飛)하는 행위인 정위비행을 가리킨다.

** 1937년 내각정보부가 선정한 국민가요 〈애국행진곡(愛国行進曲)〉의 가사 앞부분이다.

그러면 모두 조용해져 부지런히 뒷정리를 시작했다.

"아, 수고했다. 하나는 끝났구나."

일이 일단락되면 큰아버지는 툇마루에 막과자와 주전자를 두고 다시 밭에 나가는 것이 습관이었다.

그날은 큰아버지 대신, 전쟁터에 나간 사촌형의 부인이 나왔다. 이 사촌 형수는 작년에 시집을 왔는데 이미 애가 있어 아비 얼굴을 모르는 아기는 그래도 통통한 뺨으로 젖을 빨고 있었다.

젖을 물린 채 한 손으로 주전자와 쟁반을 내려놓은 형수에게 시게타는 "큰아버지는요" 하고 물었다.

"아, 아버님은 별채에 계셔. 산 근처에 사는 스케타로 씨가 만주에서 돌아와서 각시를 찾는다더라."

"스케타로 씨가. 노루 사냥의 명인이 되었다던 스케타로 씨가……."

이 부근에서 홀로 만주이민에 참가한 스케타로가 떠날 때는 사촌형이 전쟁터로 출정할 때처럼 소란스럽게 전송했었다. 이별을 아쉬워한 사람들은 산기슭 버스 종점까지로도 부족해서 일 리里나 떨어진 삼나무 두 그루가 서있는 곳까지 따라갔다. 시게타와 같은 고등과 학생들도 종이 일장기 깃발을 흔들며 송별의 선두에 섰다. 사람들이 많이 아쉬워했고 할머니 중에는 "안쓰럽다"며 소리 내어 우는 사람이 있을 정도였지만, 막상 떠난 뒤의 스케타로에 대한 평판은 출정병사와 달리 치솟는 감격을 동반하지는 않았다. 부모를 울리면서까지 떠날 필요가 있냐, 이 마을은 이민을 갈 정도로 피폐하지는 않다며 센 척을 하는 사람도 있었다.

"그것이 인식부족이야. 산속에 잠자코 있는 것만 애향심이 아니지. 만주건 몽고건, 이 마을을 옮겨갈 정도의 각오도 없어서 어쩌겠니. 다들 출정으로 사람 손이 부족하다고 입버릇처럼 말하지만 삼 반이나 오 반 전답도 주체를 못 해서는 안 된다. 일손은 만들면 생긴다. 가축을 부리거나 농기구를 개량하거나, 길은 얼마든지 있다. 스케타로 씨가 만주에서 성공하면 이 마을이 만주까지 확장되어 이웃고 우리 모두가 지금의 두 배, 세 배 되는 경작지를 갖게 될지도 몰라. 대단한 일이지. 그 정도 배짱도 없이 뭘 할 수 있겠니."

드물게 흥분한 큰아버지는 강한 말투로 그렇게 떠들어댔는데, 이는 떠난 스케타로의 굳은 각오가 큰아버지에게 옮아갔기 때문인지도 몰랐다.

그러나 그 뒤로 온 스케타로의 연락은 사람들을 안심시키는 것뿐이어서, 마을 사람들은 자연히 스케타로의 각오를 칭찬하게 되었다.

때때로 학교 게시판에 스케타로가 보낸 편지가 붙어 있었다.

제군은 노루사냥이라는 걸 아나요. 다카미高見산에서 하는 토끼사냥 같은 것입니다. 노루란 사슴 같은 짐승으로, 날쌔기가 이름과는 정반대라* 요전에 내가 총이 없는 조組에 들어갔을 때 산 위에서

---

* '노로(ノロ, 노루)'와 '노로이(鈍い, 느리다)'의 발음이 비슷한 것을 빗댄 말장난이다.

나를 향해 뛰어내려왔죠. 왔구나, 하고 곡괭이 자루를 치켜들었다가 두 간間 정도 접근했을 때 에잇 하고 내려쳤는데 손에 아무 느낌이 없었죠. 땅에 박힌 자루를 뽑으면서 보자 벌써 일 정丁쯤 떨어진 산기슭으로 뛰었더군요. 정말 총알처럼 빠른 녀석입니다.

요즘은 익숙해져 도망치게 놔두지는 않아요. 사격연습에서 꼭 상품을 받는 솜씨가 이런 때 보탬이 되어 열 마리 중 여섯 마리는 해치우죠. 해치운 고기는 노루국으로 만드는데, 토끼국보다는 훨씬 맛있어요. 깊은 산속으로 나무를 베러 가면 멧돼지도 있습니다. 이쪽 멧돼지는 그렇게 용맹스럽지는 않아요. 이쪽 돼지는 느린 개 정도로 뛰니 멧돼지와 돼지가 옛날에 형제였다는 걸 알 수 있습니다. 지나支那* 요리에서는 돼지를 멧돼지라고 부르는 모양입니다.

편지 앞에 모인 학생들이 노루사냥 놀이를 시작하는 식으로, 학생들은 스케타로의 동정을 동경했다.

그 스케타로 씨가 돌아왔다고, 시게타는 꿀꺽 침을 삼키고 안쪽으로 달려갔다.

"지금 중요한 이야기 도중인데……."

사촌 형수가 말렸지만 달려가지 않고는 배길 수가 없었다.

---

* 중국의 멸칭.

2

그러나 별채 툇마루에서는 토론이 시작된 듯했다. 큰아버지의 째지는 목소리와 스케타로 씨의 통통 튀어 오르는 목소리가 뒤엉켜 있었다. 우물의 울타리와 쌓아놓은 나무통 그늘에 가려 안색은 보이지 않았지만, 말싸움에 가까운 말투였다. 뛰어들려던 기세가 꺾여, 시게타는 쭈그리고 앉아 통과 울타리 사이에서 엿보려다 이끼를 밟아 발이 미끄러져 몸이 흔들거렸다. 얼굴은 안 보이지만 "그게 말이죠" 하며 손으로 말리는 듯한 스케타로 씨의 국방복 소매와 담뱃대를 재떨이의 재 속에 밀어 넣고 그것을 지지대로 삼은 큰아버지의 큰 손목이 보였다. 손목은 기분 탓인지 부들부들 떨리는 듯이 보였다.

가슴에 뭔가가 닿아서 손바닥 위로 쳐냈다. 떨어지는 것을 딱 잡아챘다. 잡고 보자 커다란 말린 대추였다.

우물가 모서리에서 사촌 가네에의 둥근 얼굴이 엿보였는데, 눈을 둥글게 뜨고 저쪽에 가라고 손짓했다. 먼저 일어나서 나가는 가네에 뒤를 따라 시게타는 우물가를 빙 돌아 대문木戸으로 나왔다. 대문 밖으로 나갈 때 가네에의 포동한 어깨와 허리가 묘하게 관능적으로 느껴졌다. 가네에는 살 빼고 싶다, 날씬해지고 싶다며 부인잡지의 "한 입만 먹으면 늘씬한 모습"이라고 써진 살 빼는 약 광고를 자기 침실의 상인방鴨居에 붙이고 아침저녁으로 바라보았다. 어째서 살을 빼고 싶다는 걸까, 저렇게 활력에 넘치는 아름다움을 이해하지 못하는 걸까…… 시게타는 살을 빼고 싶다는 소리를 들을 때마다 이상하다고 생각했다.

대문을 나서자 가네에는 벽에 등을 기대고 수그리고 앉았다. 시게타도 그렇게 했다.

"왜 저러신대, 싸움이라도 났어……."

가네에는 침묵한 채 아래를 내려다보고 있었지만,

"싸움이 아니야."

그러고는 갑자기 일어서 걷기 시작하더니

"시게는 누나가 시집가는 거, 찬성이니."

그렇게 물었다.

"시집 가? 누나."

"스케타로 씨가 와있어, 그 얘기야. 만주로 시집가는 데 찬성이니."

시게타는 말이 궁해 가네에의 얼굴을 가만히 들여다보았다.

"누나는……."

가네에는 시게타를 돌아보지도 않고 무엇인가 골똘히 생각하는 눈초리가 되더니…….

"아버지, 이제와서 망설이고 계셔. 스케타로 씨가 신부를 찾는다고 마을에 신청했을 때, 아무도 없다면 우리집 가네에라도 진상해 보이겠다. 이 중대한 시기에 고민은 허락되지 않는다. 한 명이라도 많이 대륙으로 나가 민족의 꽃을 심어야만 한다고 했으면서. 아무도 없다면 우리 집 가네에라도 진상하겠고 우기고."

"그래서 누나, 싫지 않은 거야."

"싫은 게 아니야. 싫다 좋다가 아니야. 역시 막상 그렇게 되니까 아버지는 쓸쓸하신 거겠지. 불안해지신 거겠지. 스케타로 씨에게 마치 떼쓰는 애 같은 소리를 하니까 듣기 민망해서 도망친 거야."

토란밭 속으로 들어갔다. 시게타의 키 정도 되는 푸른 이파리가 바람에 흔들렸다.

"우리집 가네에라도……라고. 하하하. ……라도라니. 오빠도 전쟁터에 가서 집을 비우고 있고……."

시게타가 가네에의 목소리를 듣고 올려다보자 가네에의 눈에서 커다란 눈물이 한 방울 두 방울 떨어졌다. 평소와 똑같이 환한, 불상같은 얼굴에서 눈물만 방울방울 흘러내렸다.

가네에는 눈물을 닦으려고 품에서 신문지를 꺼내 펼치다가 불현듯 말했다.

"아, 맞다."

그 안에 든 하나는 자기 입에 넣고 세 개를 시게타 손에 건넸다.

물기에 젖은 마른 대추는 가슴을 찌를 듯이 선명한 붉은 색이었다.

"자, 스케타로 씨에게 받았어, 만주 선물이래."

시게타는 단내가 나는 마른 대추를 씹으며 말했다.

"큰아버지는 괜찮아. 금방 결심하실 거야. 나중에 내가 큰아버지께 말해볼게."

가네에는 웃었다.

"자…… 차라도 가져가야겠네. 시게도 한 사람 몫을 하게 되면 만주로 갈 거니."

"갈 거야. 한 사람 몫이 안 되어도 가."

만지면 손이 물들 듯 푸른 토란 이파리 사이를 달려가는 가네에의 뒷모습을 바라보며, 시게타는 "간다, 한 사람 몫이 안 되어도 가"라고 속으로 거듭 중얼거리고 있었다.

3

가네에의 결혼 피로연은 산업조합의 큰 방에서 다과와 함께 거행되었다. 머리카락을 꽉 묶고 흰 새 에이프런을 두른 가네에의 모습은 방공연습을 하러 가는 듯 소박했다.

시게타가 행랑채 앞에서 국방복을 입은 스케타로와 나란히 언덕을 내려가는 가네에를 전송할 때, 중농中農의 딸답게 분킨다카시마다文金高島田*에 후리소데振袖**를 오랫동안 동경했던 가네에가 이런 결심으로 시집가는구나…… 하고 어떤 의미로는 비장한 모습에 눈시울이 뜨거워졌다. 그와 동시에 가네에에게 그런 결심을 하게 만든 것이 만주일까 아니면 스케타로일까 생각하니, 스케타로라면 그렇게 동경하던 인물이지만 어딘가 알미워져 떡 벌어진 어깨가 뻔뻔하게도 보였다. 아니, 가네에 누나가 저렇게 훌륭한 결심

* 신부의 머리를 높이 틀어 올리는 머리 모양.

** 소매가 길고 문양이 화려한 미혼 여성의 기모노.

을 하고 떠나는 것은 스케타로의 두터운 어깨나 햇볕에 탄 단단한 얼굴이나 오똑한 코가 아니라 십 년이나 비료가 필요 없다는 끝없는 흑토黑土나 괭이자루를 내려찍었을 때는 이미 일 정이나 떨어진 산기슭으로 달려갔다는 총알 같은 노루 때문이 틀림없다고 생각하고 싶었다.

그리고 그것이 희미한 질투 탓임을 깨닫자, 놀란 사람들을 뒤로 하고 시게타는 수치로 얼굴을 붉힌 채 문 아래로 이어지는 언덕을 뛰어내려, 논둑을 뛰어넘어, 저편의 차茶산까지 뛰어올라가 푸르른 수풀 속에 파묻혔다.

푸른 수풀은 강한 풀 비린내로 가득 차 몸속을 기분 좋게 마비시켰다. 숨을 크게 들이마시자 너무 강한 내음에 생목이 올라왔다.

수풀에서 얼굴을 들자 언덕에서 산기슭 버스 정류장까지 이어지는 구불구불한 길에 가문의 문양이 들어간 예복 차림의 사람들이 개미떼처럼 이어지고 있었다.

가네에의 새하얀 에이프런이 햇빛을 받아 유리 조각처럼 반짝거렸다.

4

가네에가 떠나고 넉 달째. 시게타는 지금 우치하라内原*의 일륜병사日輪兵舍**에 있었다.

방을 돌아보자 둥근 지붕 아래 동료들이 부채꼴로 잠들어 있고 이빨 가는 소리가 크게 들렸다.

창은 아직 희어지지 않았지만 이제 곧 저 가슴에 울리는 북 소리가 울려 퍼지리라.

꿈속에서 너무 푸르러 손이 물들 것만 같았던 토란밭이나 차산의 풀 비린내를 떠올렸다.

"간다, 한 사람 몫이 안 되어도 간다"고 큰 소리로 외쳤는데 그건 누구한테 한 말일까. 가네에를 향한 게 아니었을까. 시게타는 뺨을 붉히고 주위를 둘러보았다. 아무도 못 들었다. 모두 잠들어 있었다. 하지만 이제 누가 들었든 상관없었다.

보라, 와있다. 이곳은 바로 일륜병사다. 의용군이다. 이것은 꿈이 아니다.

스케타로와 가네에 한 쌍이 떠난 뒤 마을은 발밑이 흔들리기 시

---

* 현재 이바라키(茨城)현 미토(水戸)시.

** 1938년에 이바라키현 우치하라에 세워진 만몽개척청소년의용군 훈련소에서 건설한 원형 목조 건물이다. 학생들이 스스로 건축할 수 있도록 고안된 건물로, 만몽개척청소년의용군을 상징하는 건물로 유명하다. 대륙개척문예간화회의 중심인물이었던 후쿠다 기요토(福田清人)가 만몽개척청소년의용군을 소재로 1939년에 발표한 장편소설의 제목도 『일륜병사(日輪兵舎)』였다.

작했다. 멀다고만 생각했던 만주 땅이 의외로 가까이서 손을 내밀고 있었다.

층층이 산을 깎아 개척한 전답을 바라보고 있노라면 머나먼 지평선으로 해가 저무는 만주가 어떤 곳인지 짐작도 할 수 없었지만, 스케타로와 가네에의 이주지는 동만東滿의 산악지대에 가까워 이주지 변두리는 전나무, 자작나무가 빽빽한 거대한 수해樹海로 이어진다고 한다.

겨울에는 썰매를 끌고 벌채를 하러 간다고 했다. 강에 뗏목을 엮어 떠내려 보낼 수는 없어서 가져간 썰매에 목재를 쌓아 그 썰매를 타고 흰 눈 위로 미끄러져 돌아온다고 한다.

"썰매는 빠를까."

"빠르지, 빠르고말고. 눈 위를 미끄러지는 걸."

"흠."

"물건을 사러 어디로 가는 걸까. 썰매를 타고 눈 위로 몇 리씩이나 가는 걸까."

"아니, 대부분의 물건은 소비조합이 갖추고 있어. 지후리千振* 같은 마을에는 큰 거리도 생겼다던데. 축제처럼 매일 사람이 많대."

산기슭의 평야를 본 적도 없는 할머니나 일 년에 한번이나 겨우 아래쪽 부락에 내려갈락말락 하는 어머니 등과 이런 이야기로 흥이 나게 되었다.

---

* 제2차 만주농업이민단이 세운 마을.

"간다, 한 사람 몫이 안 되어도 간다."

결심은 그렇게 했지만 장남인 자신이 가기에는 큰 어려움이 있을 것처럼 보였다.

큰아버지는 가네에의 혼담이 결정될 무렵에는 큰 동요를 보였지만, 막상 일이 정해지자 오랜 세월 품었던 포부를 실현한 편안함으로 이제 딸이 없다는 쓸쓸함을 잊은 듯이 마을사람들에게도 환한 웃음을 보였다.

어느 날 행랑채를 들어서자 큰아버지는 챙의 이가 빠진 검붉은 보터햇밀짚모자의 일종 위에 망을 쓰고 고무장갑을 낀 채 큰 느티나무 가지에 호스를 겨누고 있었다. 물소리에 뒤섞여 벌이 웅웅거리는 소리가 들렸다. 나뭇가지 위에는 분봉한 벌들이 물을 맞아 무거워진 날개를 오므리고 차례차례 까맣게 모여들었다.

"이런, 다행이야. 이번에는 놓쳤나 했는데. 요즘은 빈번히 도망을 쳐서 손해가 막심해서 말이다."

큰아버지는 땀을 닦으려 수건을 쥐고 얼굴을 문지르려다가 망을 쓴 채라는 것을 깨달았다.

"뭐야, 잊고 있었군, 엄청난 꼴이지 않니."

망 안에서 큰아버지가 눈을 크게 뜨며 웃기는 얼굴을 만들어 보였다.

"저걸로 몇만 마린데요."

"팔만 마리는 될 걸, 통통하고 건강한 여왕벌이어서 좀 위험하다 생각했는데."

어째서인가 시게타는 여왕벌 얘기에 가네에를 떠올렸다. 그녀를 떠올리자 자신의 의용군 지원에 관해 어떻게 말을 꺼내면 큰아버지가 들어줄까. 시게타의 부친을 설득해줄 정도로 내켜할까…… 그 순간 말을 꺼내기 전의 묘하게 답답한 가슴속에서 단단한 덩어리가 흔들리고 있는 듯한 기분이 들었다.

"큰아버지. 저 의용군에 지원하고 싶은데요. 굳게 결심을 했는데."

그러자 큰아버지는 망 속에서 눈을 가늘게 뜨고는 간단히 말했다.

"그럴 거라 생각했다. 잘됐구나."

너무 간단해서 오히려 당황스러웠다.

"가네에는 선구자다. 선구자는 괴롭지만 선구자가 안 나오면 그 뒤를 잇는 사람이 안 나오지. 우리는 이미 이 낡은 집에서 출정한 애가 돌아와 집안을 이어받을 때까지 떠날 수 없고, 이미 나이도 나이다. 젊은이에게는 당할 수 없지. 가려무나. 장남이 먼저 만주에 가서 집을 짓고 기다린다는 것도 재밌어. 늦장 부리다가는 땅을 얻을 기회도 없어질 거다."

망 속에서 눈을 빛내며 찬성해준 큰아버지를 시게타는 감사하다고 생각했다.

큰아버지는 지금도 분봉에 고민하며 망을 쓰고 느티나무 가지에 호스를 겨누고 있을까.

창이 희미하게 밝아왔다.

두둥, 두둥, 두둥.

북소리가 울리기 시작했다.

자, 기상이다.

시게타는 벌떡 일어나 "기상, 기상" 고함을 질렀다.

불침번이 돌아와 문을 열고는 시게타가 깨어 있는 걸 보고 "이런, 일찍 일어났구나"라며 웃었다.

북소리는 아침 이슬을 뚫고 멀리, 가까이, 높이, 낮게, 갖가지 물결이 되어 병사兵舍를 뒤흔들고 있었다.

바다를 건너는 마음

도쿠나가 스나오
德永直

도쿠나가 스나오 德永直, 1899~1958

어린 시절부터 인쇄공 등으로 일하며 사회운동을 접했다. 1929년에는 일본프롤레타리아작가동맹에 참가하였고, 기관지 『전기(戰旗)』에 발표한 「태양이 없는 거리(太陽のない街)」가 높이 평가되면서 전업 작가가 되었다. 그러나 1933년 「창작방법상의 새 전환(創作方法上の新轉換)」을 발표하고 일본프롤레타리아작가동맹을 탈퇴하였고, 1937년에는 「태양이 없는 거리」의 절판을 선언하며 전향하였다. 1938년 개조(改造)사의 의뢰로 만주의 일본인 이민지를 한 달에 걸쳐 여행한 뒤(1938.9~10) 만주이민에 관한 국책문학을 창작하였다. 만주이민을 소재로 한 작품으로 「선견대(先遣隊)」, 『흙에 싹트다(土に萠える)』 등이 있다. 전후에는 신일본문학회(新日本文學會) 창립에 관여하며 활발한 문학활동을 이어나갔다. 1958년 사망했다.

바다를 건너는 마음

1

쇼와昭和 십사 년1939년 이월, 어느 잡지 의뢰로 그곳 사진반 M이라는 사람과 둘이서 N현의 M하라原수련농장修練農場*을 찾아간 적이 있었다.

그곳은 마침 만주로 떠날 현의 농민제군을 훈련시키고 있던 참이라 일곱 마을村 이백오십여 명의 사람들이 있었다. 우리의 목적도 이 농민제군의 강습 실정을 사진도 찍고 글로도 남기는 것이었다.

M하라는 해발 칠백 미터로 상당히 높은 산꼭대기에 있었다. 둘러보면 온통 구름에 파묻혀 있어 바람의 싸늘함이 달랐다. 나도 북만을 한 번 돌아보고 온 경험이 있었는데 이 추위를 견딜 수 있다

* 나가노(長野)현 미마키가하라(御牧ヶ原) 수련농장으로 추정된다.

면 북만의 겨울도 크게 힘들지 않겠다고 생각할 정도였다. 흰 흙벽으로 지은 광土藏이 한 동이고, 그밖에는 큰 판자 건물이 대여섯 동, 그중 한가운데 있는 한 동이 도장이었다. 마루방에 풀로 짠 멍석, 한가운데 스토브가 하나 있어 사람들이 자기 침구를 각각 도장 구석에 쌓아두었다. 밤이 된 뒤 N장장場長의 선도에 따라 우리는 좌담회를 열었다.

"지금부터 모두 함께 좌담회를 열겠다. 알겠나. ……어떤 연유로 만주로 갈 생각이 들었는가? 그 동기, 결심, 그런 걸 말이네, 기탄없이 이야기하게나, ……그럼 내가 지명할 테니, 알겠나."

넓은 도장 안을 돌아보면서 N장장이 그렇게 말하고 자리에 앉았다. 여자부 사람들도 참가해 도장은 사람 얼굴로 가득 찼다. 여기저기서 기침 소리가 들렸다. 목에 수건을 두른 사람이나 한텐半纏*을 걸치고 등을 둥글게 말고 있는 사람이나 이불에 기대어 눈을 빛내고 있는 사람 등 여러 사람이 있었다. 앞쪽에 한 덩어리로 뭉친 카키색 옷을 입은 사람들은 청년이었지만, 대부분 중년 정도로 보이는 사람이 많았다. 나는 조금 기대가 어긋난 느낌이었다. 솔직히 분촌分村계획**으로 북만에 가는 사람은 대부분 청년일 거라고 생각했는데 그렇지 않았다. 벌써 육십 대에 가까워 머리에 백발이 약간 남아있는 사람도 있었다.

---

* 옷 위에 덧입는 방한용 상의

** 1938년부터 나타난 집단이민 형태이다. 특정 마을이나 복수 마을을 조직적으로 분할하여 약 이백 호에서 삼백 호로 이민단을 편성했다. 가족 및 이웃이 함께 이민함으로써 이민자의 심리적 안정을 꾀할 수 있다는 이점이 있었다.

"……XX 마을의 A · K 군."

뒤의 전등이 어두운 곳에서 잔무늬가 들어간 기모노를 입은 청년이 허리띠에 손을 집어넣으며 일어나더니 천장을 우러르며 입을 움직이기 시작했다.

"더 큰 목소리로…… 앞자리는 안 들리네."

장장이 재촉하자 잔무늬 남자는 갑자기 큰 목소리로 말했다.

"……우리 일본인은 넓은 대륙에 진출하여 크게…… 그야말로 일본의 국체를 해외에 빛내는 토대가 되기 위해……."

잔무늬 기모노는 상당한 웅변가였다. 마을의 청년대회 등에서 종종 들을 수 있는 연설가 타입으로, 한 마디 한 마디 높이 끊는 악센트도 훌륭했지만 감기에 걸린 사람이 많은 모양인지 여기저기서 기침 소리가 끊이지 않았다. 한 도장에서 수십 일 숙식을 함께 한다고는 하지만 출신 마을이 다 다르고 이주 목적지도 다르다 보니 사람들은 자연스럽게 출신 마을과 부락별로 모여 있는 것 같았다.

"……XX 마을의 F · Y 군."

잔무늬 기모노가 끝나자 이번에는 전등 바로 밑의 카키색 옷을 입은 청년이 일어섰다. 그러자 그 주위의 같은 부락 사람들로 보이는 사람들이 박수를 쳤다.

"본디 제가 북만이주를 결심한 동기라 하면……."

카키색 옷은 잔무늬 기모노보다도 웅변이었다. 당당한 그 태도, 손을 들거나 유유히 목을 움직이는 거동은 어딜 봐도 현회縣會의원 입후보자 정도의 침착함과 익숙한 자신감으로 가득 차 있어 소란스러운 사람들의 주의도 끌어들이는 데가 있었다. 나도 M 군도, 원래 N현이라는 곳은 전통적으로 청년들의 훈련이 다른 곳보다 앞선 지방이라 알고는 있었지만 모두 이렇다고는 생각하지 못했으므로 매우 감탄했다.

십 분 정도 카키색 옷이 당당한 연설을 끝내자 장장이 다음 이름을 지명했다.

세 명째, 네 명째…… 각각의 부락이나 마을에서 지명된 농민제군은 다른 부락에 져서 자기 부락의 명예를 잃을 수 없다는 듯이 해외웅비海外雄飛의 결심이나 동기를 모든 미사여구와 용맹하기 짝이 없는 숙어를 동원해서 역설했다…….

그리고 한 명이 끝나면 그 주위 사람만 박수를 치고 다른 부락에서 누가 일어서면 가만히 쳐다보았다. 그 모양은 어딘가 대항적인 분위기가 없지 않았다. "어떠냐, 우리 쪽이 웅변이지. 제스처도, 논지도, 성량의 풍부함도, 우리 부락에는 못 이기지"라고 하는 듯한 기색이 자연히 나타났다.

그런 분위기란 것은 제삼자의 입장인 우리에게는 쉽게 보이는 것이었다. 그리고 좌담회 전체를 보자면 무질서한 연설회처럼 어딘지 해이한 분위기가 떠돌기 시작했고 몇 사람을 들어도 결국 모두 같은 소리를 하는 매너리즘으로 점차 지루해졌다.

"……XX 마을의 K · M 군."

몇 명째인가 장장이 그 이름을 지명했을 때 솔직히 나는 하품이 나올 것 같았다. 옆에 앉은 M 군도 졸린 것을 꾹 참고 있는 듯했다…….

그러자 장장의 목소리가,

"뭔가, 뭐야…… 더 분명하게."

그렇게 말했으므로 나도 마지못해 그쪽을 바라보았다. 스토브에 가까운 곳에 스물네다섯 살쯤 된 낡은 검정 바지에 안경을 쓴 야윈 남자가 서 있었다. 피부는 약간 탔고 뺨에서 턱까지 한동안 면도날을 대지 않아 수염이 볼품없이 났는데, 고개를 숙이고 있어서 낮은 목소리가 잘 들리지 않았다.

"양친은?"

"안 계십니다."

"형제는?"

"없습니다."

"그럼 홀로 도만渡滿하는 게로군. 흐음, 어떤 목적으로……."

K·M이라는 청년은 안경을 쓴 눈으로 슬쩍 장장을 바라보았지만 그대로 잠시 침묵했다.

"자네는…… 소학교 교원이었지."

"그렇습니다."

그 청년은 일일이 심문당하는 듯이 끄덕였다.

우리는 약간 놀랐다. 무엇보다 이 청년은 백성百姓, 농민이 아니었다. 현역 소학교 교원이었다. 지명을 받아 의기양양하게, 미사여구를 동원하여 연설하는 것도 아니었다. 어딘가 이 풍채가 좋아 보이지 않는, 백성도 못 될 법한 청년에게 모두의 시선이 모였다.

그러자 고개를 수그린 채로 K · M이라고 불린 청년이 말했다.

"특별한 목적은 없습니다. 이십 정보町步*라는 토지도 원하지 않고……."

모두의 시선이 더욱 뚫어져라 강해지자 역시 고개를 수그린 채로 말을 이었다.

"어머니와 헤어지고 싶지 않기 때문입니다. 그리고 만주로 건너가는 제자나 다른 아이들을 따라가 그쪽에서 가르치고 싶기 때문입니다."

이것은 특이했다. 어쨌든 아까까지의 연설자와는 아주 달랐다. 나도 M 군도 자세를 고쳐 앉았다.

"하지만 자네는 아까 양친은 안 계신다고 했잖은가."

N장장도 수상쩍다는 듯이 다시 물었다.

"아, 지금은 제 어머니가 아니지만, 제 친모입니다. 그 사람이 이번에 도만해서……."

청년은 무슨 생각을 했는지 거기까지 말하고 문득 고개를 들었다. 안경 안쪽에서 반짝이고 있는 것은 분명 눈물이 아닌가…….

"그 사정을 이야기해보게, 부끄러울 건 아무것도 없네. 여기 있는 사람들은 모두 같은 결심과 목적으로 바다를 건너는 거니까, 서로 가슴에 울리는 바가 있겠지. 기탄없이 말하게. 자, 제군 그렇지."

* 일 정보가 삼천 평(坪)이므로 이십 정보는 약 육만 평에 해당한다. 당시 만주이민을 추진하는 측에서는 일본 농민에게 일본 내에서는 바랄 수 없는 '이십 정보'의 토지를 얻을 수 있다는 구호로 만주이민을 촉진하고자 했다.

과연 N장장은 사람의 마음을 이끄는 법을 알고 있었다. 도장 내 여기저기서 말 대신 박수 소리가 일어났다.

청년은 다소 얼굴을 붉혔지만 결심한 듯이,

"신세 한탄 같아서 좀 그렇습니다만…… 이것도 인연이라 여기고 들어주십시오."

조용히 얼굴을 들어 사방을 바라보자 격려하듯이 또 일제히 박수가 터졌다.

2

K·M 청년은 이백오십 명의 시선을 모으며 부끄러운 듯이 서 있었다. 검은 바지 앞쪽으로 손바닥을 깍지 끼고 띄엄띄엄 이야기했다. 그것은 결코 웅변은 아니었다. 웅변이기는커녕, 때로 목소리는 갈라지고 더듬기도 했다. 그런데 모두 한 마디도 놓치지 않으려는 듯이 귀 뒤에 두 손을 대고 목을 쭉 빼고 듣는 것이었다.

"저는 태어나 얼마 안 되어 고아가 되었습니다. 아버지가 돌아가시고 자기 땅도 없어, 어머니가 얼마 안 되어 저를 두고 다른 집에 재가했기 때문입니다."

웅변이지는 않았으나 말은 조리가 있었다. 다른 집으로 떠나버린 모친, 그 모친 일가의 도만을 따라서 어머니를 좇아 또 자신의 제자인 부락 아이들과 만주로……, 이십 정보의 땅도 아무것도 필요 없다는 청년은 하는 말 하나 하나가 소박하고 평범한데도 사람들을 매료했다.

나는 서둘러 수첩을 꺼내 청년의 말을 필기했고, M 군은 재빨리 일어나 그 청년의 옆얼굴에 카메라를 향했다.

……K · M 청년이 도만하는 동기를 알기 위해서는 그의 특이한 출생을 들어야만 했다. 그가 부친을 잃은 것은 두 살 때로, 모친이 다른 집에 재가한 것은 다섯 살 때였다. 부친은 소작농으로 자기 땅이 없었으므로 젊은 과부가 된 모친은 K · M 청년을 품에 안고 곤란할 수밖에 없었다. 적은 소작지도 황폐해지면 곤란하다는 불평을 들어야 했고, 못자리苗代 하나 나누는 데도 여자는 얕보였다. 어느 사이엔가 일 반反이 회수되고, 이 반이 회수되다가 급기야 생계를 유지하지 못할 지경이 되었다. K · M 청년은 숙부 집에 양자처럼 맡겨지고 호적도 옮기고, 모친은 옆 부락의 농가에 재가했다.

"그 뒤로 열세 살까지 숙부 집에서 자랐습니다. 숙부 집도 소작이고 사촌이 여덟 명 있었습니다. 저는 철들 무렵부터 어머니를 보고 싶다, 어머니와 만나고 싶다, 그것만 생각했습니다. 하지만 어머니는 이미 자식이 많아 저를 만나러 올 수 없었던 모양입니다."

거기까지 일단락되었을 때, K · M 청년은 가만히 장장 쪽을 바라보았다. 장장도 고개를 끄덕이고 주위 사람들도 숨을 죽이고 있었다.

그리고 열세 살 봄부터 읍내 상가에서 허드렛일을 하고 있었는데, 소학교 시절부터 성적이 좋았던 K · M 청년은 뜻을 정하고 독학하여 스무 살 때 검정시험을 쳐서 마을의 대용교원代用教員* 으로 채용되었고, 이어서 정교사 자격도 획득했던 것이다.

"……그 검정시험에 합격했을 때였습니다. 처음으로 어머니를 만나러 갔습니다. 솔직히 말해 저는 어머니에게 화가 나있었습니다. 너무 만나고 싶어 오히려 화가 났던 겁니다. 죽어도 안 만날 테다, 나 혼자 출세하고 모르는 척하겠다고 생각했었습니다만……."

K·M 청년은 거기서 눈을 문질렀다. 숙부 집에서의 가난한 생활, 허드렛일로 고생하며 한 독학, 그것을 씩씩하게 뛰어넘어 중등학교 졸업자격 증서를 손에 넣었을 때, 그 기쁨을 누구와 나눌 수 있었겠는가, 천지간에 단 한 명 모친을 제외하고 누가 있겠는가!

K·M 청년은 일찍이 발을 들여놓은 적이 없는 옆 부락의 어머니 집을 찾아갔던 것이다.

"그때 일을 저는 잊을 수 없습니다. 어머니는 처음 저를 봤을 때 아기를 안은 채 멍하니 입을 벌리고 있었습니다. 제가…… 어머니…… 라고 불러도 아직 멍해 보였습니다. 그러더니 갑자기 일어나 몸이 딱딱하게 경직되더니 털썩 주저앉아 엉엉 울음을 터뜨렸습니다. 다섯 명이나 되는 어머니 자식들이 곁에 모여 어머니를 울린 저를 노려보았습니다. 그때 어머니 남편이 들에서 돌아왔습니다. 저는 당당하게 이름을 밝혔습니다. 어머니 남편도 제가 이미 있다는 걸 알고 있었고, 오히려 잘 왔다고 말해줬습니다. 검정시험

* 자격증 없는 소학교 교원.

증서를 어머니에게도 어머니 남편에게도 보여드리고, 어머니 남편에게 어머니를 '어머니'라고 부르게 해달라고 부탁했습니다. 어머니 남편도 기뻐하며 저도 어머니 남편을 '아버지'라고 부르기로 했지만, 어머니는 빈곤에 찌들어 벌써 할머니 같았습니다."

K·M 청년의 이십 년 생애는 오직 모친을 만나기 위한 것이었다. 어머니를 만나고 싶어 화도 났고 뜻도 세웠던 것이었다. 그리고 처음 어머니를 만났을 때부터, 청년의 사고방식은 더욱 바뀌어야만 했다. 그것은 바로 빈곤에 신음하는 어머니를 구하는 것이었다. 어머니를 구하려면 어머니의 자식을, 즉 이부동생들을, 그리고 어머니의 남편을 구해야만 했다.

나아가 교단에 서니 부락 아동들 중에 가난한 아이들이 많았다. 그 아이들이 부모와 함께 이번 만주이민 분촌계획에 따라 대륙으로 떠난다 하고, 어머니 일가도 분촌계획에 참가했던 것이다.

"……직접적인 동기라면 그것뿐입니다. 하지만 자세히 말하자면 여러 일이 있었습니다. 저 자신이 거의 고아처럼 자랐기 때문인지 저는 인간의 따뜻한 마음이 가장 귀하다고 생각합니다. 개인적으로도, 공인으로서도, 그리운 어머니와 헤어지고 싶지 않다, 어머니의 많은 자식들에게 조금이라도 힘이 되어주고 싶다. 더구나 도만하는 많은 제자와도 떨어지고 싶지 않다, 그뿐입니다. 별로 토지를 원하는 것도 아니고, 이제 와서 특별한 명예도 바라지 않습니다. 굳이 조금이라도 적극적인 소리를 하자면, 대륙에 가서도 역시 아이들을 가르치고 싶습니다. 대륙의 이민촌에서 조금이라도 제가 습득한 지식으로 마을 사람에게 도움이 되고 싶습니다. 그리고 서로의 따스한 애정으로 서로의 생활이 성장하도록 있는 힘껏 일하고 싶다, 그렇게 생각하고 있습니다."

K · M 청년이 고개를 수그리고 띄엄띄엄 하던 말을 끝냈을 때, 쥐죽은 듯 조용하던 도장 구석에서 마치 밀려드는 파도소리처럼 박수가 터져 나왔다.

감격하여 눈두덩을 문지르고 있는 장장도, 구석에서 한 덩어리가 되어 있던 여자부도, 이백오십 명의 농민제군도 스스로를 잊고 박수를 치고 있었다. 아까의 웅변대회 같은 대항적인 분위기는 어디론가 사라지고, 모두 단 한 사람인 듯이 같은 마음으로 박수를 쳤다. 많은 사람이 흘러넘치는 눈물을 닦지도 않은 채, 박수는 언제까지고 이어지고 있었다.

도만부대渡滿部隊

곤도 하루오
近藤春雄

곤도 하루오 近藤春雄, 1908~1969

1908년 태어나 1934년 도쿄제국대학 법학부 정치학과 졸업 후, 외무성에서 국제문화사업을 담당했다. 1935년에는 외무성 국제영화협회(國際映畵協會)에 관여하며 서양의 홍보, 선전, 문화를 연구하였다. 그 연구 성과로서 저작활동 및 번역을 통해 일본에 나치독일의 문화정책을 소개하였다. 문화평론가이자 문학자로, 패전 후에는 미디어 연구자로 활동했다. 1969년 사망했다.

도만부대

장소	이바라키(茨城)현 우치하라만몽개척청소년의용군 훈련소(內原滿蒙開拓青少年義勇軍訓練所, 이하 우치하라 훈련소)
시간	쇼와(昭和) 십사 년(1939년) 이른 봄
인물	소년 오쿠다 마츠조(奧多松造, 열대여섯 살) 소년 안자이 다쿠지(安齋卓二, 열대여섯 살) 오쿠다의 아버지 예순 살 정도 안도의 어머니(꿈) 쉰대여섯 살 지도원 갑, 을 접수 담당 소년 갑, 을, 병 면회 온 아버지, 어머니, 형, 누나 등 약간 명 소년들 A, B, C, D, E, F 그 외 약간 명 송별객 약간 명 송별하는 청년단원 약간 명

◎전주곡—막외幕外

〈우리는 젊은 의용군〉 노래를 합창하며 선두에 '축 만몽개척청소년의용군 입단'이라는 깃발을 든 청년단원이 서고 이어서 오쿠다, 안자이 두 소년이 뒤따르고 그 뒤로 전송객 몇 명이 위에서 아래로 지나간다.

(합창) 우리는 젊은 의용군

조국을 위해 괭이를 쥐고
만리 끝없는 들에 선다
지금, 개척의 의기 드높아
지금, 개척의 의기 드높아.

행렬이 지나가고 막이 오른다.

제1장_ 우치하라 훈련소 내 면회실

정면은 다음 방으로 이어지는 통로. 위는 외부로 나가는 출입구. 아래는 출입구. 정면 아래쪽에 카운터, 그 뒤에 접수담당 소년 갑, 을, 병이 서 있다. 정면 가운데 스토브가 있다. 막이 오르자 금방 몇 쌍의 면회객이 각각 A, B, C 등 소년들을 중심으로 각각 떠들고 있다.

(잠시 간격)

아래 입구에서 휴대용 큰 자루를 어깨에 맨 오쿠다의 아버지가 들어온다.

오쿠다 아버지 (접수원에게) 저 잠깐 부탁합시다.
소년 갑 네에, 무슨 일이신가요?

오쿠다 아버지 저, 제사대대 제일중대 제일소대의 오쿠다 마츠조 애비인데요, 우리 아들 좀 불러주셨으면 합니다.

소년 갑 제사대대 제일중대 제일소대란 말씀이시죠, 오쿠다 마츠조. 어이 너 갔다 와라.

소년 을 네, 사, 일, 일. 오쿠다 마츠조. 바로 불러오겠습니다.

(잠시 간격)

(멀리서 교련 나팔 소리)

소년 을, 오쿠다를 데리고 돌아온다.

오쿠다 아버지 오오 마츠조야.

오쿠다 아, 아버지. 잘 오셨어요.

오쿠다 아버지 암암, 오고말고. 나는 네 편지를 읽고 바로 날아왔다. 하지만 도중에 탄 연락선에서 바다가 험해져서 아주 난리였다, 덕분에 반나절이나 늦어버렸지. 하하하하, 너 드디어 만주 간다며.

오쿠다 응, 낼 모레 출발해요.

오쿠다 아버지 그러냐, 낼 모레라구. 그럼 나도 딱 맞춰온 거로군. 하하하하. 어때, 몸은 괜찮으냐.

오쿠다 응, 건강하고 말고요, 이렇게 팔팔해요. 아버지, 나 여기 오고 몸무게가 훨씬 늘었다구요.

오쿠다 아버지 호오. 그러고 보니 살이 좀 찐 것 같구나.

오쿠다　여기 들어온 사람은 모두 살이 쪄요. 오, 육 킬로그램부터 개중에서는 십 킬로그램 이상 체중이 늘기도 하죠.

오쿠다 아버지　흐응, 십 킬로그램이라니 넌…….

오쿠다　두 관貫이상이요, 아버지.

오쿠다 아버지　허, 그건 대단한 일이구나. 두 관이나 살이 찌다니……. (정신이 들어) 아, 생각났다. (자루를 열고) 엄마가 너 잘 하라고, 뭐라, 여러 가지를 넣어줘서 가져왔다. (자루에서 하나하나 꺼내며) 이게 셔츠, 내복 바지股引, 그리고……, 이건 (작은 종이봉지를 꺼내고) 아, 이건 부적이다. 요전에 우리 마을의 소하치荘八가 장사하러 도쿄에 갔는데 그때 받아다준 거란다. 메이지明治신궁과 노기乃木신사, 스이텐구水天宮* 님이라던데. 잘 가지고 있어라.

오쿠다　(자루를 들여다보며) 이건 뭐에요? (신문지로 감싼 물건을 꺼내서) 겉보기보다 무거운데.

오쿠다 아버지　그거 말이냐, 그건 떡이야.

오쿠다　네? 떡?

오쿠다 아버지　응, 너 먹이고 싶다고 엄마가 줬지. 내가 떠나기 전에 이걸 찧느라고 하룻밤 고생했다. 덕분에 나도 어깨가 뻣뻣해졌지. 하하, 어떠냐 하나 먹어볼래. (꾸러미를 풀려고 한다)

---

* 해운이나 어업 등 물과 관련된 위험에서 보호해주는 것으로 유명한 신사.

오쿠다 (당황해서 그 손을 막으며) 됐어, 됐어, 됐어요, 아버지.

오쿠다 아버지 (납득 못한 듯이) 하지만 얘야, 모처럼 지어온 건데.

오쿠다 (미안한 듯이) 으응, 하지만. 하지만 여긴 아무것도 불편하지 않은 걸요. 밥도 맛있고 간식도 모두 여기서 마련하니까.

오쿠다 아버지 호오, 과자도 말이니……?

오쿠다 응. 아주 맛있어. 만두나 전병, 보리미숫가루에 사탕까지…….

오쿠다 아버지 만두란 건 뭐냐?

오쿠다 지나 만두요. 폭신폭신하니 아주 맛있어요. 여긴 양조장도 있어서 된장과 간장까지 모두 직접 담가요.

오쿠다 아버지 허, 그러냐. (포기하지 못한 듯이) 그래도 어떠냐 하나 먹어 보지 않으련, 나도 배가 고프구나.

오쿠다 (잠시 망설이고) 그럼 저쪽으로 가요. 저쪽에도 불이 있으니까.

오쿠다 소년, 아버지와 정면 방에 들어가 두 사람 다 보이지 않는다.

(이런 대화를 하는 동안 선객 한 쌍은 이별 인사를 하고 아래쪽으로 퇴장. 또 정면에서 한 쌍이 나와 똑같이 퇴장하는 등, 적당히 자연스럽게 움직인다.)

아래쪽 입구에서 안자이의 누나, 시골 처자답게 들어온다. 손에 작은 구식 가방을 들고 있다.

안자이 누나 (접수원에게) 저, 저는 안자이 기미에君江라고 하는데요, 동생과 면회하고 싶어서요.

소년 을 네, 안자이……요. 몇 대대인가요.

안자이 누나 (품에서 메모를 꺼내 읽는다) 제사대대 제일중대…….

소년 을 (손을 내밀며) 어디, 잠깐 보여주세요. (메모를 보며) 사의 일의 일, 안자이 다쿠지라, 뭐야 아까 중대잖아. (소년 병에게) 야, 이번에는 네 차례다.

소년 병 좋아, 사의 일의 일, 안자이 다쿠지라고. (안자이 누나를 향해) 그럼 잠깐 기다리세요. 금방 불러오겠습니다.

안자이 누나 네, 수고하십니다…….

소년 병이 아래쪽으로 나간다. 안자이 누나, 옆에 있는 의자에 걸터앉는다. 침울해 보이는 모습이다. 아래쪽 입구에서 지도자 갑이 들어온다. 소년들이 그를 보고 일제히 기립해 경례한다.

지도자 갑 명령. 오늘밤 회식 후, 각 중대장이 도만과 관련하여 여러 주의사항이 있으므로 도만부대에 소속된 자는 이에 늦지 않도록 준비가 필요한 자는 일찍 정리해라. 이상.

소년 갑 (기립한 채) 복창. 오늘밤 회식 후, 각 중대장이 도만과 관련하여 여러 주의사항이 있으므로 이에 늦지 않도록 준비를 위해 일찍 정리한다. 알겠습니다. 모두에게 그렇게 전하겠습니다.

지도자 갑　좋다. 그럼 부탁한다. 그런데 면회인은 이제 이것뿐인가.

소년 갑　네. 이것뿐입니다.

지도자 갑　곧 해가 지니까 너무 늦어지지 말도록.

소년 갑　네. 알겠습니다. (경례한다)

지도자 답례하고 나간다. 이와 엇갈려 안자이 소년이 등장, 안자이의 누나, 깊이 생각에 빠져 있다.

안자이　누나, 잘 왔어.

안자이 누나　(자칫 울 뻔하며) 다쿠지, 드디어 출발한다며.

안자이　응. 내일 모레. 나는 어머니가 올 거라고 생각했어. 누나, 용케 공장을 쉬었네.

안자이 누나　(애매하게) 으, 응 휴가 받아서 왔어. 몸은 어떠니? 요전에 감기 걸렸다고 썼잖아…….

안자이　(기운차게) 아, 하지만 이제 완전히 나았어. 나 살쪘지?

안자이 누나　으응, 그러고 보니 그렇네.

안자이　누나 왜 그래, 이상하게 기운이 없잖아.

안자이 누나　지쳐서 그러지. 홋카이도北海道에서 계속 기차를 타고 왔으니까. 하지만 괜찮아, 걱정하지 말렴…….

안자이　그런가, 그럼 다행이지만. 뭔가 안색이 안 좋은 걸. (잠시 간격) 형은 어때? 요즘 전장에서 편지 왔어?

안자이 누나 (애매하게) 아, 왔어. 기운차게 봉공奉公* 하고 있나봐.

안자이 흠, 그건 다행이네. 나도 기운차게 만주로 출발할 거야. 누나, 저쪽에 도착하면 또 편지로 연락할게. (안자이 누나, 견디지 못한 듯이 얼굴을 돌리고 훌쩍인다) 어, 왜 그래, 누나, 울어?

안자이 누나 (서둘러 눈물을 닦고) 울다니……안 울어. (혼잣말처럼) 안 울어, 울면 너한테 미안하니까……. (이번에는 얼굴을 숙이고 으앙 울음을 터뜨린다)

안자이 (당황해서 다가가서) 누나, 관둬. (꾸짖듯이) 아무도 안 울잖아. 창피하니까 울지 마. 바보, 누나 바보.

다른 면회인, 소년들, 놀라서 이쪽 정경을 지켜보고 있다.

안자이 누나 (눈물을 참으며) 다쿠지, 미안해. 하지만 어차피 알게 될 일이라고 생각하면…….

안자이 응? 어차피 알게 되다니……, 뭐가, 누나, 뭐가 어차피 알게 된다는 거야?

안자이 누나 (가방에서 서류를 꺼내 다쿠지에게 넘겨주며) 다쿠지, 읽어보렴, 놀라지 말고.

안자이 (서류를 다 읽고) 그런가. 그럼, 역시 형은…….

---

* 나라나 사회를 위하여 헌신한다는 뜻.

안자이 누나 명예로운 전사를 했어. 아, 다쿠지, 정신 꽉 붙들렴. 이제 남은 건 누나와 어머니 둘뿐이니까.

이 대화로 다른 면회인들이 긴장하여 머리를 수그리고 조용히 듣고 있다.

안자이 (묵묵히 눈을 감고 고개를 들어 살아있는 형에게 말하듯이) 형, 나 꼭 열심히 할게. 그리고 형 몫까지 일해서 어머니와 누나에게 효도할게.

안자이 누나 (다쿠지의 손을 잡고) 다쿠지, 고마워. (울며) 고마워, 누나가 참 고맙다. 오빠도 틀림없이 기뻐, 기뻐할 거야……. (뒤는 감격해서 말을 잇지 못한다.)

그때 정면에서 "이 왼쪽 밖이구나" 말하면서 오쿠다의 아버지가 나오다 이 광경을 보고,

오쿠다 아버지 어라, 너, 기미에잖니.

안자이 누나 (얼굴을 들고) 어머, 아저씨.

오쿠다 아버지 (안자이 누나의 운 얼굴을 보고) 네가 결국 오빠 일을 말했구나.

안자이 누나 ……(고개를 끄덕인다)…….

오쿠다 아버지 (다쿠지를 향해) 다쿠야. 한탄하지 말거라. 낙담하지

말렴. 형은 훌륭하게 고국에 헌신했다. 너도 남자니까. 일본남아의 명예를 걸고 훌륭히 해내야 한다. 알겠지…….

면회인 일동, 덩달아 울고 있다. 오쿠다도 정면 기둥 그늘에서 울고 있다.

—멀리서 〈바다에 가면海行かば〉* 합창이 조용히 흘러나온다.

안자이 (의연하게 얼굴을 들고 기운차게) 아저씨, 누나. 나 열심히 할 거야. 우리 아버지도 군인이었어. 우리 형도 군인이었지. 아버지는 러일전쟁, 형은 지나사변支那事變, 중일전쟁, 둘 다 대륙에서 전사했어. 나는 이번에 만주에 가면 진저우金州라는 곳에 가서 아버지 성묘를 할 생각이야. 두 사람이 피를 흘리고 뼈를 묻은 대륙의 땅을, 나는 괭이로 개척하는 거야.

오쿠다 아버지 (눈물을 참고) 다쿠, 훌륭하다, 잘 말했다. 그래야지 네 아버지 아들이다. 그래야지 겐이치賢一 동생이다. 나는 고향에 돌아가면 너희 어머니나 마을사람들에게 너의 그 기백을 이야기해 모두를 안심시켜 주마. 기미에, 너는 훌륭한 형제가 있으니 참 행복하구나…….

---

* 〈만엽집(萬葉集)〉에 실린 시가에서 가사를 가져온 가곡이다. 노부토 기요시(信時潔)가 1937년에 작곡한 곡이 유명한데, 태평양전쟁 당시 라디오 방송에서 주로 패전을 알릴 때 서곡으로 자주 사용되었다.

안자이 누나는 말없이 울고 있다.

(잠깐 간격)

멀리서 나팔 소리.

밖을 여럿이서 뛰어가는 소년들의 발소리.

안자이　자, 슬슬 저녁식사 알림이야. 누나 이제 울지 마. 나는 이렇게 건강하게 출발한다고 어머니에게 안부 전해줘.

다른 면회인 슬슬 돌아가려 한다. 각각 적당히 인사하고 소년들과 함께 조용히 나간다.

오쿠다 아버지　(안자이 누나를 재촉해서) 자 우리도 슬슬 가봐야지. (마츠조를 향해) 마츠조, 그럼 아까 말한 걸 잊지 마라. 잘 있고 열심히 해라.

오쿠다　그럼 집에 잘 전해주세요. 그리고 교장선생님께도 안부 전해주시고…….

안자이 누나　(일어서서 다쿠지를 향해) 다쿠지, 몸조심해. 뒷일은 걱정하지 말고.

오쿠다 아버지　(걸으면서) 그럼, 괜찮고말고. 마을사람들이 모두 도와줄 테니까.

안자이　아저씨, 그럼 안녕히 가세요.

오쿠다　안자이 누님, 안녕히 가세요.

안자이 누나　　안녕, 모두 건강하게, 잘 해주렴.

안자이, 오쿠다 말없이 고개를 끄덕인다. 일동 슬슬 아래쪽으로 걷기 시작하고, — 조용히 막 —

제2장_ 일륜병사日輪兵舍 내부

일륜병사의 내부는 반원형. 정면은 적당한 간격으로 유리창. 그 앞은 잠자리이고 방사선 모양으로 이불이 나란히 깔려 있어 그 안에서 소년들이 자고 있다. 머리 위는 찬장이 있어 적당한 작은 짐이 들어 있다. 위는 유리문이 있는 입구로 닫혀 있다.

무대 중앙에 기둥, 그 주위에 테이블과 나무 의자. 그중 하나에 스토브를 지키며 불침번 한 명이 하나만 켠 전등 아래에 앉아 책을 읽고 있다.

막이 열린다.

아직 주위는 어둡다. 때때로 바람이 부는 소리.

(간격)

전등빛이 뚜렷하게 약해지고 스포트라이트로 정면에 잠든 소년(안자이)을 비춘다.

(음악 — 〈조용한 자장가〉)

안자이　(잠든 채) 어머니, 어머니.

그 대사와 동시에 적당한 곳에 어머니 모습(꿈)이 떠오른다.
(정면 일부에 얇은 견직물을 치고 조명으로 인물의 모습을 비춘다)

안자이 어머니　(조용히) 다쿠지, 다쿠지야. 자, 불단에 이별인사를 드리고 슬슬 출발하렴, 늦으면 안 되니까. 하지만 한마디는 하게 해주렴.
다쿠지, 너는 오늘부터 이 집안 차남이 아니다. 너는 앞으로 만주로 가서 거기서 새로운 집의 선조가 되는 거다. 이 땅 이 집의 선조가 개척한 곳에서 네 조상님에서 아버님으로. 아버님에서 형으로 대대로 전해졌지. 그것과 마찬가지로 네가 만주에서 개척한 땅은 네가 일대이고, 다음은 네 아들, 그 다음은 네 손자라는 식으로 그곳에서 대대손손 이어진다.

안자이　(일어나 머리를 들고) 하지만 어머니. 형은…… 형은…….

안자이 어머니　형? 형이 왜? 그렇게 기운차게 전쟁에 갔잖니…….

안자이　어머니, 거짓말이지. 그건 거짓말이야. 형은, 형은……
(감정이 격해져 엉엉 울음을 터뜨리며 얼굴을 묻는다)

안자이 어머니　(조용히 웃으며) 호호호호, 무슨 소리니, 얘는 호호호호.

어머니 모습 사라진다.

— 조명, 원래대로 —

안자이 침상에서 울고 있다.

그 소리를 듣고 옆의 침상에서 자고 있던 소년(오쿠다) 눈을 뜨고 상반신을 일으켜 몸을 쭉 뻗어 침상 위에서 안자이 어깨를 툭툭 치고

오쿠다 이봐, 안자이, 왜 그래. 너 울고 있잖아.

안자이 (상반신을 일으켜 얼굴을 돌리고 눈물을 숨기며) 바보, 안 울었어.

오쿠다 (얼굴을 들여다보며) 하지만 뺨이 젖었는데. (위로하듯이) 그럴 만하지, 단 한 명뿐인 형님인 걸. (조금 간격) 울어, 사양 말고 엉엉 울어, 나는 네 마음을 잘 알아.

안자이 (오쿠다의 어깨에 손을 대고 고개를 숙이며) 미안, 잠깐만 울게 해줘. 남자답지 않다고 비웃지마. (숨죽여 운다)

불침번 소년, 견디기 힘든지 읽던 책을 내던지고 위쪽 입구 쪽으로 달려가 문을 열고 밖으로 나간다. 밖은 슬슬 날이 밝아오고 있다.

오쿠다 (침울하게) 하지만 우리 아버지도 그렇게 말하셨으니까 뒷일은 걱정하지 마. 우리 집은 지주이고, 너희 집은 중농中農이지만 출정가족의 논밭은 마을 전체가 경작하게 되어 있으니 남자 일손이 없어도 걱정할 필요 없어. 나도 부족하지만 무슨 일이든 상담 상대가 되어줄 테니

까 기운 내서 열심히 해라.

안자이 (눈물을 닦고) 고마워. 앞으로도 사이좋게, 기운차게 일하자.

두 사람 일어나 준비를 시작한다. 불침번 소년 밖에서 들어와서

불침번 (큰 목소리로) 이봐, 모두. 밤이 밝았다. 아주 날씨가 좋아. 자, 봐!! (밖을 가리킨다.)

활짝 열린 문밖은 희끄무레하게 밤이 밝고 있다. 멀리서 닭울음소리.

불침번 목소리를 듣고 소년들이 이쪽저쪽에서 부스스 일어나 각각 양복을 입고 준비를 시작한다.

— 멀리서 기상 북 소리 —

소년 D 이얏!! (벌떡 일어나며) 자, 오늘은 드디어 출발이다,

소년 E (준비하면서) 안녕 우치하라의 생활이여. ……두 달은 빠르구나, 입소한 게 어제 같은데.

소년 F 정말 그렇지. 모두 힘이 넘쳐서 시간이 지나는 게 신경 안 쓰였지.

소년 E 너, 집에 알렸어?

소년 F 전보를 쳤으니까, 오늘은 아마 누가 올 거라고 생각해. 용돈을 좀 받아둬야 불안하지 않으니까.

소년E 또 용돈타령이냐, 잘도 조금씩 졸라대는 녀석이군. 난 진짜 질렸어, 정말 어쩔 수 없는 녀석이야.

이 대화를 하며 소년들은 각각 세면도구를 가지고 차례로 나와 차례로 돌아간다. (적당한 간격)

이윽고 모두 모여 문 밖에 늘어서 점호를 한다.

(목소리) 점호!!

(목소리) 일, 이, 삼, 사. …….

(목소리) 우향, 우!! 앞으로!!

일동이 떠나는 모습.

지도원 을, 서둘러 문가에 나타나 안을 들여다보고 일동의 부재를 알고는 그대로 뒤를 돌아보고 큰 목소리로 소리친다.

지도원 을 이봐!! 제일중대 안자이, 잠깐 돌아와라!! 이봐!! 안자이!!

타다닥 발소리를 내며 빠른 걸음으로 안자이가 돌아온다. 안자이 입구에서 멈춰 경례한다. 지도원 을, 중앙 의자에 앉는다.

지도원 을 (안자이에게 손짓하며) 자, 들어와라. 그리고 여기 앉아라.

안자이 네. (곁에 앉는다)

지도원 을 안자이. 너도 오늘 출발할 건가?

안자이　네, 출발합니다.

지도원 을　음, 그러냐. 하지만 괜찮겠나? 듣자니 형님은 명예로운 전사를 하셨다 하고, 남은 건 어머니와 누나뿐이라던데. 집에 여자만 남기고 네가 도만하면 뒷일이 곤란하지 않겠니. 무리해서 갈 건 없다. 네 마음에 따라 떠나도 안 떠나도 어느 쪽이든 괜찮으니까. 고향에 돌아가 어머니 곁에서 효도하는 것도 네 임무다. 지금이라도 괜찮으니 다시 생각한다면 지금뿐이다.

안자이　네, 하지만 그건…….

지도원 을　뜻을 굽히는 것 같아 싫다는 거지. 그건 그렇다만 그렇게 매사 딱딱하게 생각하지 않아도 된다. 그때와 지금은 사정이 다르니까. 형이 돌아가셨으니 네가 대를 이어야지, 선조의 땅을 그대로 두고…….

안자이　네, 그건 잘 알고 있습니다. 하지만 저희 집은 주로 소작을 하고 가진 건 아주 적은 밭뿐이라 열심히 일해도 남는 건 거의 없고, 그렇다고 다른 소년처럼 그저 경기를 따라 군수공장에 들어갈 생각도 안 듭니다. 저희 집은 대대로 농민이었으니 저도 일개 농부로서 가래와 괭이를 잡고 살고 싶은 겁니다. 더구나 아버지도 형도 대륙에 피를 흘려 대군大君, 천황의 높임말을 위해 훌륭하게 목숨을 다 바쳐 봉공했습니다. 그러니 저도 대륙에 건너가 거기서 제2의 조국을 건설하고 싶은 것입니다.

지도원 을 (감격하여) 그러냐, 그건 훌륭하구나. 그 정도로 단호한 결심이라면 나도 이 이상 막지는 않겠다. 실은 혹시나 싶어서 누나가 돌아간다고 하는 걸 오늘까지 붙잡았는데…….

안자이 앗, 그러면, 저, 누나는, 아직 우치하라에 있나요?

지도원 을 음, 역 앞 여관에 오쿠다의 부친과 함께 머물고 있지. 아니, 너희 남매는 모두 훌륭하구나. 만나서 미련이 생기면 안 된다고 누나는 꼭 돌아가겠다고 하더구나.

안자이 (안심한 듯이) 네, 그랬군요. 저도 이제 누나를 만날 필요는 없습니다. 어머니께는 부디 잘 계시라고 전해달라고 했습니다.

지도원 을 그런가. 정말 대단한 결심이로구나. 그럼 야무지게 잘하거라.

안자이 네. (머리를 숙이고 있다)

그때 멀리서 아래의 강령복창이 들려온다.

(단창) 강령. 우리 의용군은

(복창) 우리 의용군은

(단창) 천조天祖* 의 굉모宏謨, 큰 계획를 받들어

(복창) 천조의 굉모를 받들어

---

* 천황의 선조로 일본신화의 태양신 아마테라스를 가리킨다.

(단창) 마음을 하나로 모아 추진하고

(복창) 마음을 하나로 모아 추진하고

(단창) 몸을 만주건국의 성업聖業에 바쳐

(복창) 몸을 만주건국의 성업에 바쳐

(단창) 신명께 맹세코

(복창) 신명께 맹세코

(단창) 천황폐하의

(복창) 천황폐하의

(단창) 마음大御心에 따라 받들어 모실 것을 기한다

(복창) 마음에 따라 받들어 모실 것을 기한다

이 강령 복창에 겹쳐 "천조의 굉모를 받들어"부터 "몸을 만주건국의 성업에 바쳐"까지 들리는 동안 다음 대사가 들어간다.

안자이 (복창 목소리를 듣고 정신이 들어) 아, 벌써 조례가 시작되었습니다. (일어서서) 그럼 실례하겠습니다.

안자이가 인사한다. 지도원 을 일어서서 답례하며

지도원 을 음, 그럼 빨리 가보거라.

안자이, 다시 경례하고 뒤돌아 문으로 나간다.

지도원 을 그 뒷모습을 전송하며 조용히 문가로 다가가 밖을 보며 서있다. (복창이 끝나가며) 그러다가 손가락으로 슥 눈시울을 닦는다. 완전히 솟아오른 해가 지도원 을의 옆얼굴을 붉게 비춘다.

—조용히 막—

작가의 말

이바라키현 우치하라의 만몽개척청소년의용군 훈련소 내의 스케치입니다. 대륙개척의 웅도雄圖에 불타 부모 슬하를 떠나 멀리 도만하는 청소년의 의기와 기백을 무대 위에서 재현하기 바랍니다.

빙해冰解

장혁주
張赫宙

장혁주 張赫宙, 1905~1998

본명 장은중(張恩重), 일본 이름 노구치 미노루(野口稔), 후기 필명은 노구치 가쿠추(野口赫宙)이다. 1905년 대구 출신으로 경상북도에서 교원생활을 하며 습작을 발표하다가 1932년 「아귀도(餓鬼道)」가 『개조』의 현상공모에 입선하여 도쿄문단에 데뷔했다. 그 뒤로 『문예수도(文芸首都)』 동인으로 활동하면서 조선을 소재로 일본어 작품의 창작과 발표를 지속하였으나 1930년대 후반부터 친일문학을 집필했다. 광복 후에는 일본에 귀화하여 집필 활동을 계속했다. 1998년 사망했다.

빙해

1

왕싼王三은 마을사람들 사이에 섞여 군대식으로 정렬하고 어깨에 총을 메고 행진하는 소년들을 바라보고 있었다.

아이들은 문가나 어른 다리 사이에 껴서, 여자는 그늘에서, 모두 표정에 공포와 불안이 떠올라 있었다. 어른들은 어떤 사람은 증오스럽게, 어떤 이는 신기한 듯이 바라보았지만, 모두 매우 수상쩍게 여기고 있었다.

"이건 대체 뭐지."

소년들의 행진이 완전히 지나갈 때까지 아무도 입을 여는 사람이 없었다. 모두 그저 놀라고 수상쩍게 여길 따름이었다.

'군대는 아닌가 보다.'

왕싼은 그렇게 생각하며 열심히 소년들의 얼굴, 총, 질서정연한 행진을 보고 있었다.

대장처럼 보이는 한 남자와 눈이 마주치자 왕싼은 놀라 시선을 피했다.

그 남자는 나이도 먹었고 종종 큰 마을에서 본 적이 있는 군인과 똑같았다. 더구나 일본인의 눈초리는 매우 날카롭게 위압하는 것 같았다.

행진은 이제 멀어져 마을 귀퉁이를 돌아 안 보이게 되었다.

그러자 기다렸다는 듯이 비실비실한 영감이 퍽 쉰 목소리로 말했다.

"이봐, 지금 건 비적匪賊이 아니었나."

"바보 같은 소리. 비적이 왜 마을을 그냥 지나가겠어. 더구나 나에게 미리 알리지 않고 온 적이 있었나."

양뤄위안楊洛元이라는 서양 버드나무처럼 키 큰 남자가 외쳤다.

"흠……."

그 옆에 있던 쑹칭宋青이 시건방지게 말을 꺼냈다.

"뻔하지, 지금 건 일인日人이잖아."

그가 궐련 연기를 훅 내뿜었다.

"그렇지, 일인이야."

"군대임이 틀림없어."

모두 처음부터 이 일대一隊의 소년들이 어디 사람인지는 잘 알고 있었다. 그저 그 노란 눈곱이 낀 비실비실한 노인이 비적이라고 하니까 저마다의 생각을 외친 것뿐이었다.

"올해 들어서, 나는 일인日人을 얼마나 많이 봤는지 몰라. 모두 총을 갖고 있지. 그리고 우리들을 가만히 노려보며 지나가. 놈들 눈은 언제나 이렇게 말하고 있어. 어디 두고 보자, 네놈들을 어떻게 해줄지……."

양뤄위안이 사려 깊게 들리는 목소리로 소리쳤다.

그러자 거기 있던 사람들은 모두 입을 모아 각자의 불안을 말했다.

들어보면 한 명도 좋은 소리를 하는 사람이 없었다.

"지금 건 군대가 아니라고 생각하는데."

왕싼이 처음으로 입을 열었다.

"뭐? 군대가 아니라고?"

쑹칭이 왕싼에게 덤비듯이 물었다.

"그래. 분명 군대가 아니야."

왕싼이 분명하게 그렇게 대답하자 쑹칭이 이리저리 얼굴을 돌리며 외쳤다.

"흥. 질려서 말도 안 나오는군. 이봐들, 왕싼 놈, 저게 군대가 아니라고 하는데. 모두 들었어."

"총을 들고 군복을 입었는데……. 헹, 저게 군대가 아니라고?"

쑹칭은 한 번 더 왕싼에게 따지고 들었다. 그러자 양뤄위안까지 비꼬는 듯한 말투로 말했다.

"왕싼 놈, 뭔가 착각하고 있구만."

"틀림없어. 나는 저놈들이 사는 마을을 본 적이 있는데 늘 총을 들고 있는 건 아니야. 낮에는 괭이를 들고 말馬을 부리던데."

왕싼이 본 대로 이야기했다.

하지만 아무도 이에 동의하는 사람이 없고, 큰 목소리로 맞서 고함을 질렀다.

"그럼 왜 총을 들고 있어."

"저 군복은 왜 입고 있는데."

"놈들은 틈만 나면 전쟁 훈련을 해. 그러고도 군대가 아니라고 할 수 있겠냐."

그렇게 모두가 반박하자 왕싼은 이제 아무 말도 할 수 없었다. 하지만 어쩐지 군대는 아닌 듯한 기분이 들었다. 더구나 소년들은 모두 너무 어렸다. 그중에는 겨우 열대여섯 살로밖에 안 보이는 아이도 있었다.

어쨌든 어느 쪽이건 자신과는 상관없는 일, 더구나 어쩐지 마음에 안 드는 일본인 일이었다. 굳이 다수의 의견에 맞설 것도 없었다.

왕싼은 침을 퉤 뱉고 자기 집 쪽으로 걸어갔다.

2

왕싼 마을 부근에는 멀리서 온 일본인이 들어와 있다. 북쪽으로 이틀 걸리는 곳에는 어른만 있는 마을이 생겼다. 거기서 서쪽에도 농민 남녀가 이백여 명 있었다. 그리고 지금 또다시 소년들이 들어왔다.

그는 그의 생각에 잠겨 있었다.

"조만간 온통 일인투성이가 되겠는데, 그러면 우리는 어떻게 되는 거지?"

하지만 아무리 생각해도 마냥 그것만 신경 쓰일 따름이었다.

홀로 방 안에서 불안한 생각에 잠겨 있는 것은 도저히 참을 수 없는 일이었다.

그는 밖에 나갔다. 하지만 밖에 나가도 속 시원한 소리를 해주는 사람도 없는 것이다.

다음날 그가 들일을 하고 있자 뒤에서 온 아내가 아무렇지 않게 말했다.

"방금도 또 군대가 지나갔어."

"몇 명쯤?"

왕싼은 일을 하던 손을 멈추고 물었다. 가슴이 또 답답해졌다.

"이백 명이나 되는 거 같은데."

"흥. 얼마든지 오라고 해. 설마 사는 사람을 내쫓지는 못하겠지."

왕싼은 자신도 그만하자고 생각하며 그렇게 중얼거렸다. 그리고 괭이를 집어 들었다.

하지만 어쩐지 귀찮았다.

그는 괭이를 내던지고 느릿느릿 걷기 시작했다.

"어딜 가."

멍하니 보던 아내가 말을 걸었다.

"금방 돌아올게."

왕싼은 그 말만 하고 묵묵히 넓은 밭 바로 오른쪽으로 나아갔다.

그리고 나즈막하게 끝없이 위아래로 뻗어 있는 언덕에서 언덕으로 걸어가 작은 개울을 건너갔다.

언덕을 하나 넘었을 때 그는 멀리 아래쪽에 작은 언덕을 등지고 지어진 희게 칠한 벽과 양관洋館처럼 지붕이 네모난 건물이 몇 채씩 있는 것을 바라보았다. 그 사이에서 소년들은 바쁘게 일하고 있었다. 그리고 두어 번 본 적이 있는 기분 나쁜 소리를 내며 땅을 가는 기계가 움직이는 것을 가만히 바라보고 있었다.

"이건 예삿일이 아니야."

왕싼은 또 그렇게 중얼거렸다.

무엇을 위해 저렇게 들어오는지 도통 알 수가 없었다.

왕싼은 오랫동안 한 군데 앉아 있었다.

해가 지려는 듯했다. 그는 드디어 정신이 들어 들에 돌아가려고 일어섰다. 그리고 두세 걸음 걸었다.

그러자 앞쪽 수풀 너머로 이쪽 방향으로 걸어오는 세 명의 소년과 마주쳤다.

왕싼은 가만히 뚫어져라 세 명의 소년을 쳐다보고 있었다. 점점 거리가 줄어들었다. 소년들은 뭔가 알 수 없는 얘기를 하면서 자신 쪽으로 한 발짝씩 다가왔다.

그중 한 명이 슬쩍 자신을 보았나 싶더니, 깜짝 놀라 발을 멈췄다.

그리고 뭔가 날카로운 소리를 지르며 어깨에 멘 총을 들어 자신을 겨냥했다. 다른 두 명도 동시에 같은 자세를 취하고 자신을 쳐다보았다.

왕싼은 등줄기가 오싹했다. 하지만 꼼짝도 하면 안 된다는 생각에 멈춘 채로 가만히 있었다.

한동안 쌍방은 서로 노려본 채 가만히 있었다.

왕싼은 상대 얼굴에 살의가 없음을 알아보고 겨우 안심했다. 그리고 굳은 얼굴을 무너뜨렸다.

그러자 세 명 중 오른쪽에 있던 소년이 만어滿語로 말을 걸었다.

"넌 어디에 사느냐."

더듬거려서 겨우 알아들었다.

"이 너머 부락에 산다."

왕싼은 빠르게 술술 말했다.

"가라!"

그러자 같은 소년이 그렇게 외쳤다.

왕싼은 걷기 시작했다.

소년 옆을 지나갈 때 슬쩍 그 소년의 얼굴을 보았다. 오른쪽 턱쪽에 큰 점이 하나 있었다.

왕싼이 상당히 멀리 간 다음에도, 세 명은 언덕 위에서 자신을 향해 총을 겨누고 있었다.

한참을 걸어간 다음 뒤돌아보자 소년들의 모습은 거기 없었다.

그는 점점 화가 났다. 소년들이 깜짝 놀라 총으로 자신을 겨누던 얼굴이 떠올랐다. 그리고 위기에서 겨우 살아난 듯한 기분이 들었다. 그러자 공연히 화가 났다.

이유를 알 수 없는 증오가 계속해서 마음에서 솟아났다.

"내게도 총이 있다면, 놈들을 쏴버렸을 것을."

그는 화가 난 채 그렇게 중얼거렸다.

3

그는 그날 일어난 일을 만나는 사람마다 말했다. 그러자 다른 사람들도 그와 비슷한 일을 겪은 이야기를 했는데, 그것이 의외로 많았기 때문에 왕싼은 점점 더 증오를 느꼈다.

'나는 살해당할 뻔 했다.'

그 생각이 시종 그의 마음에 똬리를 틀고 있었던 것이다.

어느 날의 일이었다.

쑹칭이 마을에서 돌아오자 사람들을 모아놓고 고래고래 소리를 질렀다. 그는 요 며칠 전부터 마을을 지나는 철도 공사에 일하러 갔다.

"나는 분하다. 놈들 앞에서 죽을 수 있으면 죽고 싶었다."

쑹칭이 이렇게 고함을 지르고 있는데 왕싼이 지나치다 그를 보았다.

"뭐가 그렇게 분해. 너도 총으로 겨누디."

왕싼이 사람들을 헤집고 들어왔다.

"그렇고말고, 총을 겨누고, 곤봉으로도 얻어맞았다."

쑹칭이 구슬픈 목소리를 냈다.

"응? 얻어맞았다고?"

왕싼은 뜻밖의 소리를 들었다고 생각하고 물었다.

"왜 맞았는데."

"공사장에서 말이지, 나는 열심히 일하고 있었어. 정말 진지하게, 열심히 일하고 있었다……."

쑹칭이 또 소리를 지르기 시작했다.

"너니까 실은 그렇게 열심히 하지도 않았겠지."

누군가 그렇게 말했다.

그러자 모두 와하하하 웃기 시작했다.

"바보 녀석, 소란 떨지 마."

쑹칭이 화를 내더니 내뱉었다.

"남이 진지하게 말하고 있는데……."

쑹칭이 너무 진지한 표정을 지어서 모두 입을 다물었다.

그의 이야기를 듣자니 이랬다. 그는 공사장에서 흙을 운반하고 있었다. 흙을 메고 와서 침목枕木 위에 쏟았다. 그러자 감독이 와서 침목이 없는 곳을 가리키며 여기다, 여기다, 하고 고함쳤다. 그래서 이번에는 거기에 대여섯 번 흙을 옮겼다. 그러자 다시 감독이 다른 침목이 있는 쪽에 쏟으라고 해서 이번에는 거기에만 옮기자 또 고래고래 소리를 질렀다는 것이었다.

"나도 화가 났다. 그래서 나는 놈들을 욕해줬다. 그러자 달려들어서……."

쑹칭은 안색이 바뀌어 "자자, 이걸 봐라……, 그리고 여기도……"

라며 자기 팔과 다리를 보였다.

"오오……."

마을사람들 사이에서 경악의 목소리가 들렸다.

"곧 더 심한 꼴을 당할지도 몰라."

왕싼이 외쳤다.

이러한 불만은 날이 갈수록 심해졌다.

가을이었다. 수확에 바빴다.

그때 양뤄위안이 왔다. 여름 동안 어딘가로 모습을 감췄던 양이었다.

"이봐, 할 얘기가 있는데……."

양이 의미심장하게 왕싼을 바라보았다.

왕싼이 곁에 다가갔다.

"이번에 말이지,……."

양은 그렇게 말하며 말을 꺼냈다.

그에 따르면 서쪽에 있는 비적 한 무리가 가까운 시일에 이 부근의 일본인 마을을 남김없이 덮칠 계획을 세우고 있었다. 그래서 이 마을이 마침 중간에 위치하므로 여기에 본부를 두고 작전을 세우려 한다. 그러니 왕싼이나 쑹칭, 마을의 중견을 골라 선도자가 되어달라는 것이었다.

"우리 마을은 약탈하지 않는 거냐."

왕싼이 물었다.

"물론이지. 지금까지의 비적과는 달라."

양뤄위안이 답했다.

"좋아, 알았다."

왕싼은 봄 이후 갖고 있던 여러 불만을 일시에 떠올리고 그렇게 답했다.

그리고 어느 날의 일이었다. 한밤중에 오백 정도 되는 비적이 부락에 접근했다. 왕싼이 나가서 마을로 슬쩍 안내해줄 터였다.

그런데 가까이서 총성이 들렸다. 계획이 상대에게 알려진 것이다.

비적은 즉각 응전했다.

왕싼은 말라붙은 수풀에 숨죽이고 숨어 있었다.

싸움은 새벽까지 이어졌다. 그리고 비적은 결국 소수만 살아남아 북쪽으로 도주했다.

"배신자가 있었어. 두고 보자."

양뤄위안이 그렇게 울부짖고는 달려갔다.

4

그날 밤, 비적을 격퇴한 것은 훈련소의 소년의용군이었다. 이 소식을 듣고 왕싼은 한층 증오와 공포를 느꼈다.

이듬해 봄이었다.

왕싼이 들에서 돌아오자 아이들이 달려왔다.

"이걸 받았어."

"나도……, 엄청, 맛있어."

그러면서 입에서 붉거나 푸른 것을 꺼내 보여주었다.

"이건 뭐냐. 엄마가 사줬니?"

그는 의아하여 물었다.

며칠 전 기차를 구경하러 간 아내가 사온 것인지도 모른다고 생각했다.

"아니, 받았어."

남자애가 말했다.

"받아? 누구한테 받았니."

"소년 병정한테 받았어."

"소년 병정한테서?"

왕싼이 눈을 부릅떴다.

"그래, 아빠. 일본 소년 병정이야."

손위 여자애가 답했다.

"안 돼!"

왕싼이 소리쳤다.

"그런 거 먹지 마라."

그리고 싫어하는 아이들 입에서 억지로 끄집어냈다.

아이들이 울기 시작했다.

"이런 걸 받으면 안 된다. 독이 들어 있을지, 무슨 짓을 했을지 모른다. 놈들은 작년의 앙갚음을 할지도 몰라. 당치도 않아, 아이에게 이런 걸 주고는……."

그렇게 혼자서 고함을 지르고 있었다.

그러자 아내가 들어와 아이들을 위해 변명했다.

"아주 친절한, 귀여운 얼굴의 소년이었어."

아내가 말했다.

"시끄러워!"

왕싼은 고함을 쳤다.

"놈들이 오면 애들을 밖에 내보내지 마."

그렇게 야단치고는 밖으로 뛰쳐나갔다.

하지만 그 뒤로 마을에 소년병이 자주 나타났다. 아이들이 다가가면 종이봉지에서 과자를 꺼내주기도 하고 놀고 가는 것이었다.

아무리 꾸짖어도 아이들은 소년들과 놀고 싶어 했다. 그리고 신기한 과자를 받아먹었다.

"먹어봐. 아주 맛있으니까."

왕싼이 화를 내자 아내가 그렇게 말하며 붉은 것을 하나 입안에 밀어 넣었다. 사탕 같은 것으로 신기한 맛이었다.

"어쨌든 이런 건 받지 마."

왕싼은 변함없이 그렇게 말했다.

그가 어느 날 밭에서 돌아오는데 무거운 짐마차를 끌고 있었다. 마당을 고르는 데 쓸 흙이 가득 쌓여 있었다.

길은 질퍽거려 힘이 센 그도 얼마 안 지나서 숨이 끊어질 듯 헉헉댔다. 수레바퀴가 몇 개나 깊이 파인 곳에 빠져 꼼짝도 하지 않았다.

그러자 누군가가 뒤에서 밀어줬다.

"고맙네. 고마워."

그는 뒤도 돌아보지 않고 그렇게 인사하고는 마차를 끌었다.

집 앞에 도착했다. 짐마차를 멈췄다. 거기 있던 아이들이 까르르 웃으며 들떠 달려왔지만 금방 뒤쪽으로 갔다.

돌아보자 소년의용군이 두 명 거기 있었다.

한 명이 모자를 손에 쥐고 아, 하고는 웃었다.

"앗……."

왕싼이 깜짝 놀라 눈을 부릅떴다.

언젠가 언덕에서 자신에게 총을 겨눴던 그 소년이 아닌가. 웃는 듯한 눈이나 점 때문에 금방 알아보았다.

그날부터, 그의 일본인을 향한 증오는 불타올랐던 것이다.

하지만 그날의 그 소년이 지금 자기 짐마차를 밀어준 것이었다. 그리고 이렇게 친근한 얼굴로 웃고 있었다.

"고맙다."

우선 인사는 해야 했다. 왕싼은 조금 머리를 숙이고 무뚝뚝하게 그렇게 말했다.

하지만 금방 아이가 소년 팔에 매달리고 발에 엉겨 붙는 것을 보고 소리쳤다.

"안 돼. 빨리 이쪽으로 와라. 그리고 집안에 들어가."

하지만 아이는 그가 하는 소리는 귓등으로도 안 듣고 소년에게 엉겨들 뿐이었다. 왕싼이 다시 고함을 쳤다.

그러자 아내가 나왔다. 그리고는 소년에게 말했다.

"아, 잘 오셨어요."

"그렇게 소리 좀 지르지 말아요."

그리고는 평소와 달리 왕싼을 노려보았다.

5

"왜 안 된다는 거냐. 너는 내가……."

왕싼이 아내를 노려보며 소리쳤다.

"저 사람은 친절해요. 아이를 귀여워합니다. 그리고 예의바른 사람이죠."

아내가 조용히 이어 말했다.

"저 사람은 우리 조상님 위패에 공손히 절을 했습니다."

그러자 왕싼은 놀라서 말했다.

"우리 조상님 위패를?"

아내 얼굴을 뚫어져라 쳐다보았다. 감동한 얼굴이었다.

"그래요. 우리 동지가 와도 조상님 위패에 절하는 사람은 그렇게 많지 않아요."

왕싼은 충격을 받았는지 아내의 말에 한 마디도 대답하지 못했다.

그는 무슨 일인지 걱정하는 듯이 보이는 두 명의 소년에게 얼굴을 보이는 것이 부끄러운 기분이 들었다.

그리고 그는 쿵쿵거리며 집안으로 들어가려다가 말을 남겼다.

"방에 들여서 뭔가 대접해."

아내가 빈틈없이 소년들을 들였다.

왕싼은 들어온 소년들을 슬쩍 바라보았다.

소년들은 방에 들어오자마자 위패를 향해 두 손을 모아 절했다. 그리고 왕싼과 마주하고 인사했다.

"고맙다."

왕싼은 답례하며 말했다.

아내가 만두를 내주었다. 소년들이 사양하자 왕싼은 일어나 술병을 가져와 "창쥬?"라며 고량주高粱酒를 마시겠냐고 물었다.

소년들은 웃으며 거절했다. 그리고 만두를 먹기 시작했다.

왕싼은 여러 가지를 묻고 싶었지만 말도 여의치 않고 첫 대면이라 어색해서 그만두었다.

하지만 그 뒤로 그는 때때로 소년들과 만났다. 그리고 주의 깊게 여러 가지를 물어보았다. 그러자 소년들은 숨김없이 뭐든지 대답했다.

왕싼은 가슴이 가벼워지는 것을 느꼈다. 그는 소년들이 이 토지에 입식한 이유도 알았다. 그리고 총을 든 것은 전쟁을 하려는 것이 아니라 심신단련이 주요 목적이며, 미리 비적의 습격에 대비하고 있음을 알았다.

그는 너무 많이 오해하고 있었던 것이다.

문득 그는 마을에서 몇 리 남쪽에 들어온 고레이조선인를 떠올렸다. 고레이들이 이곳에 이주한 것은 이미 이십 년도 전의 일이었다.

그때 왕싼은 아직 아이였다. 그들 고레이들은 매우 더럽고, 가난했다.

그런 주제에 수전水田을 만들고는 자기들 밭의 용수用水를 끌어가기도 했다. 그 때문에 몇 번이나 찾아가서 주먹다짐을 한 적도 있었다.

그리고 근년이 되자 일본인 같은 조직을 만들고 군대가 따라 들어와서는 마구 으스대는 것이었다. 지금까지 경멸하던 고레이들이 으스대는 것은 또 참을 수 없는 일이었다. 그는 고레이가 일본 세력을 등에 업고 으스대는 것이라 생각하자 참을 수 없는 증오를 느꼈다. 그리고 끊임없이 반목하며 다투고 있었던 것이다.

하지만 어느 여름날 그는 큰 비를 만나 어쩔 수 없이 고레이 부락에 다가간 적이 있었다. 그러자 고레이들은 그를 온돌 안에 넣어 준 데다가 여러 가지로 돌봐줬던 것이었다.

왕싼은 고레이들이 노인에게 태도가 공손한 것과 아이를 사랑하는 것을 보고 인정에 차이는 없음을 가슴 깊이 느꼈던 것이다.

다음날 그는 마을에 돌아갔다. 그리고 고레이 마을에서 본 것을 마을사람들에게 들려주었다.

그 해도 수전의 용수 때문에 싸움이 날 뻔했다. 가뭄이 이어져 양 부락 사이를 흐르는 강물이 확 줄어들었기 때문이었다.

하지만 그가 중재해서 무사할 수 있었다. 그 이후로 싸움은 사라졌다. 때로는 여자들끼리 서로 방문하는 일도 있었다.

왕싼은 고레이를 생각하고, 다시 소년들이 위패에 절한 것을 생각했다.

그의 마음은 급격히 변해갔다.

6

그로부터 머지않았을 때였다.

소년들이 아이를 데려가 좀처럼 돌아오지 않자 왕싼의 아내가 그쪽까지 마중을 간 적이 있었다.

소년들이 아이를 큰 마을에서 좀 떨어진 일본인 마을로 데려갔던 것이다.

그곳에 가자 일본인 부인이 있었다. 왕싼의 아내를 보자 안쪽으로 들어오라고 했다.

왕싼의 아내가 일본인 부인과 말을 나눈 것은 그때가 태어나 처음 있는 일이었다.

(똑같다. 인정에 차이는 없다.)

왕싼의 아내는 진심으로 그렇게 느꼈다.

집에 돌아간 그녀는 남편 얼굴을 보자마자 말했다.

"젊은 일인 부인을 봤어. 아주 친절하게 대해줬어. 내 손을 이렇게 들어 올려서 잡아줬어."

그리고 엄청나게 박식한 부인으로, 자신들이 모르는 것을 많이 배웠다고 말했다.

"밥 안에 식초를 넣어서 까만 것에 말아줬어."

"김이라는 거야. 큰 마을에 갔을 때 먹은 적이 있어."

"그리고 세탁할 때 이걸 넣으면 좋다고 하더라……."

그리고 가루비누를 보여주고 말을 이었다.

"아, 그리고 일인도 역시 된장을 먹어."

"된장?"

"그래. 된장을 먹는다고 해서 물어보니까 역시 된장이라고 했어."

"그래?"

왕싼은 깜짝 놀랐다. 그리고 뭔가 친근한 것 같기도 했다.

"아, 된장이라면 고레이도 먹던데."

"고레이 건 매운데 일인 건 그렇게 안 맵더라."

왕싼 아내는 마을에 이 일을 선전하며 다녔다. 그래서 만나는 여자마다 모두 한 번은 일본인 마을에 가서 생활 상태를 보고 싶다고 생각하게 만들었다.

왕싼은 그렇게 해서 양뤄위안을 완전히 잊고 있었다. 자신의 이러한 행실을 불쾌하게 생각하는 듯이 보이던 쑹칭도 어딘가로 모습을 감췄던 것이다.

어느 날 밤, 양과 쑹이 찾아왔다. 그리고 작년의 배신자는 너지 하고 따지고 덤볐다.

"나일 리가 있나. 나는 너희들과 함께 있었잖아."

왕싼이 소리쳤다.

"흥. 이제 말하지 마. 다 알고 있으니까……."

양은 상대도 하지 않았다.

그리고는 배신자가 아니었다면 다시 한번 선도先導를 맡으라고 했다. 왕싼이 일본인 마을을 잘 알아 안내에 적임이니 무장한 사람이 적을 때를 골라 서둘러 알리라는 것이었다.

왕싼은 일단 고개를 끄덕였다. 그들이 피스톨을 갖고 있었기 때문이다.

왕싼은 고민하기 시작했다.

그는 이 일을 일본인에게 알리고 싶어 노심초사했다. 하지만 그들의 감시가 심하여 빈틈이 없었다.

그는 이제 소년들이 오지 않을까 걱정이 되었다.

소년들이 오면 양이 불시에 기습할지도 모르니 이를 꼭 알려줘야 한다고 생각했기 때문이었다.

그는 아내에게 말을 해두었다. 그리고 남매 중 손위 여자애에게 이를 소년들에게 전해주라고 했다. 그는 또 도중까지 양이 아이 뒤를 밟는지 감시했다.

여자애가 돌아왔다.

"아빠, 시노다篠田 씨가 만나고 싶대."

여자애가 그렇게 속삭였다.

"응? 만나고 싶다고? 그건 안 돼. 위험하니까 오지 말라고 말 안 했니."

"말했어. 말했는데 언덕 수풀 있는 데서 만나자고 했어."

"그러냐……."

그는 밤중에 지정된 곳으로 갔다. 그리고 시노다 외에 일본인 간부도 셋 정도 있었다. 그는 모든 것을 고했다. 그러자 그들은 그날 밤 안에 양을 사로잡자는 말을 꺼냈다.

왕싼은 싫다고는 할 수 없었다. 그는 고개를 끄덕였다. 이제는 양과 같은 존재는 용납될 수 없음을 본능적으로 느꼈기 때문이었다.

양은 잡혔다. 그리고 양의 입으로 비적의 본거지를 털어놓게 했다.

비적은 멀리 쫓겨 갔다. 양도 두 번 다시 마을로 돌아올 수 없게 되었다.

"이제 안심해도 됩니다."

시노다가 왕싼에게 그렇게 말하고 이렇게 격려했다.

"무슨 일이 있으면 바로 알려주세요."

왕싼은 고개를 끄덕였다.

그리고 그 뒤로 그는 마을사람들이 불평하는 것을 힘껏 말리고 다녔다.

의용군의 료보寮母

후쿠다 기요토

福田清人

후쿠다 기요토 福田清人, 1904~1995

1904년 나가사키(長崎)현에서 태어났다. 1929년 도쿄제국대학 졸업 후 『신사조(新思潮)』에 참가하고 다이니치쇼보(第一書房)에 입사하였다. 대륙개척문예간화회의 발기인이자 중심적인 존재로서 만주개척에 적극적으로 협력하였다. 1942년에는 일본문학보국회(日本文学報国会) 기획과장이 되었고, 이듬해 8월 대정익찬회 문화부 부(副)부장을 맡았다. 전후에는 주로 교육활동과 아동문학에 힘쓰며 일본아동문예가 협회에서 활동했다. 1995년 사망했다.

의용군의 료보

북만주의 지세가 높아졌다 낮아지는 고원 끝에 있는 청소년의용군 훈련소 부근에도 언제부터인가 봄의 기척이 느껴졌다.

처음 맞이한 겨우내, 소년들은 옥외에 설치된 작은 상자 안에 있는 온도계의 영하 눈금이 오래 머무르면 머무를수록 기뻐했다. 그리고 무슨 발견이라도 한 듯이 소중히 일지를 적어 고향에 그 기록을 보고했다.

그 보고를 받은 양친이 오히려 얼마나 추울지 자식 걱정에 가슴이 미어지리라는 생각을 할 틈도 없이, 내지에서는 경험할 수 없는 체험 속에서 기운차게 살고 있다고 득의양양했다.

그러나 부드러운 햇살, 잠잠해진 바람, 푸른 하늘로 봄을 느끼자 온돌이나 페치카의 온기에 싫증이 난 소년들은 옥외로 뛰쳐나와 서로 뒤엉키는 강아지들처럼 통통 튀어 오르는 육체를 움직여 서로 정면으로 몸싸움을 벌이거나 목표도 없이 평원을 일제히 달려

나가기도 했다.

그러나 해가 저녁 안개에 흐릿해진 지평선에 가까워지면, 역시 몸이 떨리는 냉기가 덮쳐왔다.

그들은 겨울에도 말에 썰매를 끌게 하고 몇 리나 떨어진 산에 장작을 벌채하러 가는 것에도 기뻐할 정도로 이 또래 아이들이 으레 그렇듯이 옥외활동을 좋아했으므로, 설령 냉기가 덮쳐도 햇빛이 비추는 동안에는 밖에 있고 싶어 했다.

"불을 피우자."

"하지만 들불은 금지인데."

평원에 불이 붙으면 끝없이 퍼진다. 위험하므로 엄하게 금지했다. 가까운 부락의 만인들은 습관처럼 들불을 피워 어느 때인가는 그 집합 부락이 불에 휩싸인 적도 있었다. 훈련소에서 두 소대가 출동해 불을 꺼주자 그들은 대단히 고마워했다.

가을부터 이 계절까지, 훈련소에서는 먼 산맥에서 들불이 산불로 번진 것으로 보이는 불이 낮에는 흡사 화산에서 피어오르는 연기처럼, 밤에는 붉게 하늘을 물들이며 며칠씩 타오르는 모양이 종종 보이곤 했다.

"아, 그렇지, 누구더라, 물 끓이는 주전자 거는 걸 만들자고 겨울 동안 작업해서 석유 빈 캔을 늘리고 이어붙여서 커다란 풍로 같은 걸 만들었잖아, 그 안에 넣고 불을 붙이자, 너무 춥다."

"좋아, 내가 가져올게."

한 명이 중대 숙사 쪽으로 달려갔다. 그동안 남은 무리는 연료를 모으러 초원으로 갔다.

소년들은 손재주가 좋아 부족한 것은 뭐든 만들어냈다.

농촌 출신이 많았지만 그 밖에 의용군을 지망하여 우치하라 훈련소에 들어오기 전에 도회나 시골의 여러 직업에 종사하던 무리도 있었다.

그들은 도제나 견습생이었음을 부끄러워하여 처음에는 감췄다.

"뭐야, 너 식칼을 엄청 잘 다루는구나, 생선가게에라도 있었냐?"

취사당번이 되었다가 동료에게 이런 질문을 받고서야 처음으로 그랬다고 밝히는 소년도 있었다.

"하지만 지금은 만주개척 의용군이야."

"그렇고말고, 나도 실은 전파상 견습생이었어."

그렇게 말하고 전등이 안 켜지면 능숙하게 퓨즈 등을 살펴보는 것이었다. 현지 훈련소에는 전기가 없으므로 그 솜씨를 발휘할 수 없어 아쉬워했다.

밝히기만 하면 여기서는 그들이 그 방면의 '전문가'이고 '권위자'였다. 소리를 지르는 장인도 없고 가게 주인도 없다. 훈련소에 들어오기 전의 기술을 마음껏 살려 공동생활을 도왔다.

현지에서도 그렇게 습득한 기능을 가진 자는 기능으로, 혹은 천부적인 재능이 있는 사람은 온갖 것을 만들어내 개척자의 필연으로 필요한 것을 창조하는 힘을 발휘했다.

이윽고 그들이 모은 땔감은 소년들의 마음처럼 순수한 불꽃을 일으켜 서로의 뺨을 붉게 물들였다.

“뭐냐 그건?”

“은방울꽃 싹이야. 땔감을 모으는데 잔뜩 있길래.”

“용케 은방울꽃을 아는구나.”

“나는 어릴 때 홋카이도에서 자랐으니까. 뒷산에 많아서 자주 마을사람들이 캐러 갔어, 하지만 여기만큼은 아니었어. 엄청 많더라, 진짜…….”

그렇게 말한 소년의 뺨에 일말의 망향望鄕과 비슷한 것이 흘렀다.

“센티해지지 마. 여자애처럼. 둔간屯墾* 은 이제 면역이 생겼을 텐데.”

“둔간 따위에 걸리겠냐, 바보 같은 소리 좀 하지 마.”

‘둔간’이란 일종의 향수병에 대한 개척자들의 통용어였다.

그때 문득 그들 중 한 명이 고원을 따라 이 중대에서 약 이 리쯤 떨어진 훈련소 본부로 이어지는 폭이 넓은 도로를 내려오는 세 명의 인영을 발견했다.

“누가 온다, 한 명은 분명 훈련생이지만 두 사람은 이상한 차림새야.”

“이제 와서 누구지? 오버오버코트를 입고 있는 건가, 아무래도 여자 같은데.”

“여자? 그럴 리가 없을 텐데.”

---

* 초기 만주이민부터 나타난 일종의 적응장애인 ‘둔간병’을 가리키는 말이다. 초기 시험이민단은 적대적인 현지 주민, 항일 세력의 습격 등으로 이민지 입식이 크게 늦어지자 많은 수의 퇴단자가 나오고 간부배척운동이 일어나는 등 내부에서 심각한 균열이 일어났다. 이후 우울증 등 현지에 적응하지 못하는 심리적인 증상, 혹은 그런 증상을 보이는 이민자를 가리키는 말이 되었다.

모두 몸을 쭉 뻗어 그쪽을 바라보았다.

반半 리 정도 아래에 만인의 작은 부락이 있는 것 외에 인가도 안 보이고 본부의 연락이 있을 뿐 세속에서 동떨어진 이 중대에는 분명 드문 일이었다.

시찰자도 본부나 본부에 가까운 중대에만 들러 그들의 중대까지 찾는 사람은 별로 없었다.

"어, 역시 여자야. 간호사 같은 옷을 입었어……."

가까워지자 점점 커지는 그 모습은 정말 그랬다. 풀빛의 소박한 양장을 입고 있었다.

"알았다! 료보寮母* 야."

"뭐라고? 료보 씨?"

"너 안 듣고 있었지, 언젠가 간부 선생님이 말씀하셨잖아, 곧 본부 쪽에 우리 어머니들 대신 우리를 보살펴줄 여자 분이 오게 되었다고 했잖아, 틀림없이 그거야."

"그런가, 하지만 용케 이런 곳까지 오시는구나."

그들의 호기어린 시선은 어느새 감사로 바뀌었다.

하지만 그 사람들이 얼굴까지 분명히 알아볼 정도로 가까이 다가오자 뭔가 부끄러워져 모두 입을 다물고 불 쪽으로 얼굴을 수그렸다.

"이봐, 역시 경례해야지."

---

* 기숙사 등에서 기숙생의 식사 등을 돌봐주는 여성을 가리킨다.

연장자 소년이 작은 목소리로 말했다. 이에 응해 소년들은 직립부동 자세를 취하고 거수를 했다.

여자도 미소를 띠고 정중하게 인사했다.

"료보 선생님을 안내해 드리러 왔는데 중대 본부는 어디죠?"

낮 동안에는 연기가 사라졌던 몇 개 건물의 페치카 굴뚝에서 뭉게뭉게 몇 줄기 연기가 나오고 있어, 본부에서 온 소년의 눈에는 어느 게 중대 본부인지 알 수 없었다.

"네가 안내해."

연상인 소년이 한 명에게 명령했다.

명령을 받은 소년이 먼저 걸어가기 시작했다.

"짐을 들어주면 좋을 텐데, 눈치 없는 녀석이군."

"그럼 네가 따라가서 들어드려."

그러나 그 소년은 수줍어하며 움직이지 않았다.

"트럭에라도 태워주면 좋았을 텐데, 이 리나 걸어야 하다니 힘들잖아."

이윽고 한 명이 말했다.

"이제 슬슬 돌아가자."

"새 어머니가 오시니까 집이 그리워졌나 보지."

모두 소리 내어 웃었다.

료보가 오고서 취사장도 청결해졌다. 잔반이 하수도에 넘치거나 야채 잎사귀가 흩어져 있는 일도 못 보게 되었다.

료보가 모습을 보이자 취사당번들은 너무 불결한 광경을 보이고 싶지 않았던 것이다.

묵묵히 료보가 손을 대려 하면 소년들은 서둘러 자기들끼리 해냈다.

저녁에 목욕탕 밖에서 세탁하는 소년이 있었다.

"왜 그래, 보기 드문 짓을 다 하고?"

"냅두면 료보가 세탁한다고 가져가니까. 한 달이나 입은 더러운 옷을 빨게 하는 건 불쌍하잖아. 옛사람이 가라사대 자기 일은 스스로 하라."

"암 말 안 해도 가져가?"

"그래."

"그건 큰일인데. 내 건 한 달은커녕 세 달 몫의 때가 껴있는데."

"놀라운 놈이네. 그러고도 용케 병에 안 걸리는구나."

"때가 묵어서 셔츠가 두꺼워지니까 오히려 따뜻해진 것 같은데."

"농담하지 마."

"어쨌든 나도 빨리 빨아야겠다, 비누 빌려줘."

그러고서 창에서 창으로 걸린 밧줄에 소년들의 셔츠나 잠방이가 이른 봄바람에 깃발처럼 펄럭이는 풍경도 볼 수 있게 되었다.

그 바람은 날마다 따뜻해져 햇살도 부드러워지고 풍요로운 경작지의 옥토도 부풀어 보드랍게 솟아오르는 것 같았다.

트랙터 반 소년들은 겨울 동안 집어넣었던 트랙터에 기름을 넣고 먼지를 닦아 출동 준비를 하고 있었다.

다른 소년들은 자기들 키보다도 큰 커다란 괭이 자루를 총처럼 메고 대오를 지어 밭으로 갔다.

세 시경이 되자 취사반과 함께 몸빼 바지를 입은 료보도 간식으로 만두를 잔뜩 가져와 배고픈 소년들을 기쁘게 했다.

료보도 저녁까지 그들을 거들었다. 젊은 쪽은 농촌 출신이라 익숙한 느낌이었지만 도회 출신이라는 다른 료보는 모양새가 약간 어설펐다.

그래서 소년들이 웃었다.

"이래 봬도 여러분에게 안 지려고 내지에서 훈련하고 왔단다."

그러면서 분한 듯이 땀을 흘리며 손도 얼굴도 흙으로 새까매지도록 일하는 것이었다.

료보들이 함께 있어주자 소년들은 의욕이 생기고 만두로 배를 채운 기운도 거들어 가래를 쥔 손에 힘이 들어갔다.

그 중대가 속한 대훈련소에는 그 외에도 아홉 중대가 있었다. 그리고 본대를 중심으로 일 리, 이 리 거리를 두고 흩어져 있었다. 료보는 올해부터 시작되어 아직 그 수가 적어 대훈련소에 파견된 것은 여섯 명뿐이었다.

그래서 둘이서 짝지어 한 중대를 열흘만 돌봐주고 그 기간이 지나면 다음 중대로 옮겨가는 구조가 되었다.

벌써 사나흘이 지나면 료보가 다른 중대로 떠나야 하는 토요일 밤이었다.

학과 수업이 끝나고 소등까지의 삼십 분은 책을 읽거나 고향으로 편지를 쓰기도 하며 뒹굴뒹굴하고 있었다.

"안녕……."

그때 료보가 둘이서 방에 들어왔다.

누워서 빈둥거리고 있던 무리도 일어나 웃는 낯으로 맞이했다.

"이제 사흘이 지나면 다른 중대를 돌아야 해서 여러분과는 한동안 이별이니, 놀러왔어요."

그렇게 말하고 도회 사람이라는 료보가 문득 앞에 있던 소년의 옷이 찢어진 것을 보았다.

"이 방에 바늘하고 실 있니?"

"있어요."

그 목소리에 반응해 한 명이 바로 그것을 선반 위에서 가져와 내밀었다.

앞에 있던 소년이 자기 옷이 뜯어진 것에 쏟아지는 시선을 느끼고 당황하여 그것을 감추며 사양했다.

"괜찮습니다, 선생님, 제가 하겠습니다."

그것을 억지로 빼앗아 그 여성이 꿰매기 시작했다.

"어머니, 바늘귀가 보이세요, 꿰어 드릴까요."

그 료보는 아직 서른대여섯으로 보였지만 익살스러운 한 명이 문득 자신에게 그렇게 자주 시키던 고향의 늙은 어머니를 반쯤 떠올리고는 그런 소리를 했다. 모두 와아아 웃었다.

"응, 그러렴."

시골 출신이라는 젊은 쪽 료보가 바로 그렇게 맞장구치고 또 하나의 바늘과 실을 내밀었다.

다시 소란스러운 웃음소리가 일었다.

소년들은 새삼 깨달았다는 듯이 자신들의 옷을 벗거나 혹은 스스로 꿰매고 혹은 료보에게 내밀기도 했다.

"내일 일요일은 모두 뭐 할 거니?"

일 리 정도 떨어진 강에 고기 잡으러 간다는 소년이 다수였다.

"그럼 한동안 이별하는 기념으로 우리도 함께 데려가줄래?"

"찬성."

"찬성."

"그럼 나는 조금 일찍 일어나서 주먹밥을 만들어줄게."

"그건 좋네요."

아까부터 구석에서 무엇인가를 꾹꾹 문지르던 소년이 말을 걸었다.

"그 대신 선생님 몫까지 낚시 바늘을 만들게요."

솜씨 좋게 바늘을 구부려 그 끝이 날카롭게 구부러지게 만든 대여섯 개의 낚시 바늘이 손바닥 위에서 램프 불빛을 받아 반짝이고 있었다.

문득 한 소년이 갑자기 물었다.

"료보 선생님은 여기 왜 오셨어요?"

모두 듣고 싶은, 하지만 물으면 안 되는 듯한 느낌에 묻지 못했던 의문이었으므로 깜짝 놀라 일제히 료보 쪽을 바라보았다.

"나?"

연상 쪽이 미소를 띠고 잠시 침묵했다.

"여러분의 어머니 대신이야."

"하지만 그 동기 말이에요."

"그래……, 나는 말이지, 남편이 십오 년 쯤 전에 죽었어. 애가 하나 있어서 아이가 크는 걸 보는 것만이 낙이었는데 그 애도 작년에 죽었지. 완전히 장래에 대한 희망을 잃고 한때는 나도 죽고 싶다고 생각했었는데, 마침 그때 여러분의 료보를 모집하는 걸 알고 나도 뭔가 도울 수 있을까 해서 응모했는데, 이렇게 먼 곳에 와보니 여러분을 위로하는 것이 아니라 반대로 오히려 여러분에게 위로를 받는 기분이라, 정말 감사하고 있단다."

일동은 갑자기 쥐죽은 듯 조용해졌다.

이제 다른 료보에게 그런 질문을 하려는 사람은 없었다.

그 이튿날 열 명 정도 되는 소년들과 함께 료보도 강 쪽으로 걸어갔다.

각각 큰 주먹밥을 갖고 있었다.

아직 중대 숙사 지붕이 보이는 가까운 곳에서 갑자기 한 명이 발을 멈추고 주먹밥 포장을 풀기 시작했다.

"왜 그래? 벌써 먹으려고?"

"응, 이 매실장아찌를 넣은 주먹밥은 일본을 떠나고 처음 봤어. 한 입 먹어보고 싶어서 참을 수가 없어. 지금까지 참았지만 이제 못 참겠으니까 한 입만 먹어볼래."

그렇게 말하고 그 소년은 한입 삼키고는 다시 잘 포장했다.

료보는 뭔가 가슴에서 물씬 솟구치는 것을 느꼈다.

드디어 강가에 닿았다. 낚시 바늘을 던지자 커다란 민물고기가 우스울 정도로 잘 잡혔다.

"겨울 동안 강바닥까지 얼어있었는데 이 물고기는 어떻게 살아 있는 걸까."

"오늘밤은 민물고기 요리로 모두 기쁘게 해주자."

너무 잘 잡혀 정신없이 낚았지만 생각난 듯이 가끔 이런 말을 나누는 것이었다.

점심때가 되어 매실장아찌를 넣은 주먹밥을 모두 기쁘게 먹었다. 그 모습을 보고 료보들도 가슴 깊은 곳에서 기쁨을 느꼈다. 이것만으로도 멀리 온 보람이 있다고 생각했다.

그리고 소년들이 강인한 개척 의지로 가능한 모든 불편, 괴로움을 이겨내주기를, 그리고 자신들도 함께 따라가고 싶다는 마음이 솟아오르는 것이었다.

그때였다.

"이봐!"

그들을 부르는 소리가 나고 말을 탄 소년이 달려왔다.

"왜 그래?"

"아까 훈련소 본부에서 중대 본부로 전화가 왔는데, 병실에 발열 환자가 있어서 간호사만으로는 인력이 부족하니 료보를 한 명 급히 보내달라고 합니다."

료보는 둘 다 즉시 일어섰다.

"트럭이라도 끌고 왔어?"

한 소년이 여기서 중대 본부까지 일 리, 이 리나 되는 먼 거리임을 떠올리고 지금부터 가는 것이 안됐다고 생각해 물었다.

"아니 트럭은 모두 역 쪽으로 식료품을 운반하러 가서 없다고 했어."

"그건 안됐군."

그러자 시골 출신의 젊은 료보가 말했다.

"저, 내가 갈게. 하지만 그 말을 빌려줄래?"

"말을 타실 수 있나요?"

"응, 나는 어렸을 때 말괄량이여서 자주 집의 말을 탔거든. 분명 아직 탈 수 있을 거야."

미심쩍어 하는 소년들 앞에서 그녀는 훌쩍 말에 올라탔다.

병을 앓는 소년을 생각하는 그녀의 마음에 거친 만주말도 얌전히 그녀를 태우고 달려갔다.

일동은 안심한 기분으로 언덕 저편으로 사라져가는 그 뒷모습을 전송했다.

북만의 꽃

아라키 다카시
荒木巍

아라키 다카시 荒木巍, 1905~1950

1905년 도쿄에서 출생했다. 도쿄제국대학 중국문학과를 졸업하고, 1933년 「그 한 가지(その一つのもの)」로 『개조』 현상공모에 입상하여 등단했다. 같은 해에 다카미 준 등과 함께 『일력』을 창간하였고, 1936년에는 『인민문고』 창간호에 참여했다. 전후에는 『신인(新人)』 편집장으로 일하다가 1950년 결핵으로 사망했다.

북만의 꽃

아오키 이치조青木市三는 아침 일찍부터 늪 부근 만인滿人 가옥의 개축을 돕고 있었다.

어제까지는 본부 우물을 파고 있었지만, 온몸이 구석구석 아파 그런 중노동은 견딜 수 없었다. 단장은 사오 일 쉬는 게 어떠냐고 했다. 그렇게 친절한 말을 들으니 오히려 쉬고 싶지 않아 가옥 개축으로 바꿔달라고 억지로 부탁했던 것이다.

여름의 북만 하늘은 내지內地의 쾌청한 날씨보다 한층 햇살이 강렬해 환하다. 자라난 귀리 이삭에도 참외밭에도 햇살이 반짝반짝 빛났다. 그러나 이치조의 기분은 밝지 않았다.

그는 투피좐이라는 흙벽돌을 만들고 있었다. 만인 가옥은 심하게 황폐해 도저히 쓸 수 없다고 하여 그대로 비바람에 방치했지만 선견대원의 인원 수 사정으로 그 집도 필요해졌던 것이다. 그래서 근본부터 개조하기로 하고 우선 쌓아올릴 투피좐을 만들기로 했던 것이다. 투피좐은 일종의 흙벽돌로, 만인은 그것을 일상적으로 사용하는데 점성이 있는 흙과 이를 강하게 굳히기 위해 양풀을 넣어 물로 개어, 목조 틀에 넣어 벽돌 크기로 만드는 것이었다.

그는 이미 양풀과 흙을 섞은 것을 적당히 물에 적셔 목조 틀에 넣고 차례차례 만들었다. 그러나 일부러 바꿔 달라고 요청했던 이 일도 한 시간이 될락 말락 하는 사이에 싫증이 났다. 억지로 스스로를 채찍질했지만 온몸이 권태로워 다시 흙속에 손을 집어넣기도 주저되는 것이었다. 어째서 이러는 걸까, 그는 자신을 돌아보며 무심코 멍하니 있었다.

"왜 그래?"

무거운 것을 짊어진 무겁게 들리는 발소리가 다가와 그에게 말을 걸었다. 이치조는 귀찮아 대답하지 않았다.

"둔간병屯墾病이로구나!"

큰 물통을 내려놓는 소리와 함께 다시 목소리가 들려왔다. 이치조가 그 말에서 비꼬는 울림을 알아차리고 깜짝 놀라 무심코 고개를 들자 가와사키川崎가 능글맞게 웃고 있었다. 그는 가와사키와 마음이 안 맞는 사이였다. 그 얼굴을 보자마자 빈정거림 정도가 아니라 심한 모멸을 느낄 수밖에 없었다. 그가 대꾸하려고 눈썹을 꿈틀거리자 이어 가와사키가 내뱉었다. "내지 매춘부가 그리운 거겠지. 난 단장님한테 들었어. 녀석은 둔간병에 걸렸다고."

이치조는 매춘부 운운에 못 견디고 일어설 뻔했지만, 단장님이 그렇게 말했다는 말에 갑자기 마음이 쪼그라드는 기분이 들었다.

이치조는 단장 이즈미 이노스케泉伊之助를 존경하고 신뢰했다. 체구가 작고 종종거리며 돌아다녀 흰 생쥐라는 별명이 있는데, 그 외견과 달리 일을 처리하는 데 단호한 남성적인 영혼을 가진 남자였다. 스물셋의 젊은 이치조는 어리광 부리는 기분이 될 때가 있었다. 단장 또한 어리광을 부리게 하고 유유히 자신의 마음속에 헤엄치게 두는 데가 있었다. 그런 단장이 녀석은 둔간병이라고 했다는 것이다. 둔간병…… 홈 시크. 자신들은 대륙 땅에 일본민족의 이동이라는 획기적인 사업을 수행하며 이 땅에 뼈를 묻을 결심으로 건너왔다. 고난은 각오했을 터였다. 그런데도 이제 겨우 한 발짝 두 발짝인 지점에서 벌써 그 괴로움과 적막함에 져서는, 두고 온 고향을 떠올리고 돌아가려 한다. 이 둔간병은 분명 남자로서 수치였고 일본의 새로운 대륙 국책에 등을 돌리는 나약함, 비겁한 자의 별명이었다. 그런데 자신이 존경하고 그도 믿어준다고 생각하던 이즈미 단장이 자신에게 그 수치스러운 딱지를 붙였다고 한다.

이치조는 과거 내지에서의 자신을 떠올려 보았다. ……그는 도쿄에서 성선省線, 국철의 옛 이름전철과 사설전철로 한 시간도 안 걸리는 도쿄부府 농촌에서 자랐다. 지방의 농촌과 마찬가지로 대숲과 개구리 우는 소리와 늦가을의 찬바람을 품은 땅이었지만, 다른 점은 소위 도쿄풍이라는 것이 맥맥이 흐르고 있다는 점이었다. 그가 어린 시절에는 이 리 정도 산길을 넘어가야만 철도를 탈 수 있어 교통이 불편했는데, 한 가지 예를 들자면 생선은 특별한 마을 축제날이 아니면 구경도 못 할 정도여서 일반 농가에서는 평소에는 두부조차 먹으려 들지 않았다. 두부 된장국, 그걸 먹으면 수명이 늘어난다고 말하던 조모의 주름투성이 얼굴을 떠올릴 수 있었다. 그런데 몇 년 전 호경기 시대에 생사生絲 가격이 올라 양잠을 하는 이 지방 농촌은 현금이 꽤 손에 들어왔고, 더구나 철도편이 늘어났다는 두 가지 사실이 부채질하여 생활수준이 쑥쑥 올라갔다. 두부는커녕 날생선을 평상시에 먹게 되었고, 청년은 실크 손수건을 목에 두르고 하모니카를 불며 돌아다니는 식이었다. 마을 중심가에는 요릿집이 두서넛 늘어서게 되었다. 그러나 경기는 언제까지나 계속되는 것이 아니라 이윽고 생사 가격이 폭락하고 쌀 가격이 떨어졌다. 하지만 한번 몸에 익은 높은 생활수준, 화려한 도시풍은 절대 고쳐지지 않았다. 근검절약하고 있다고 생각해도 실제로는 편리한 교통의 영향으로 서서히 높아질 따름이었다. 더구나 마을 인구는 해마다 늘어나기만 했다. 생활은 지독한 발버둥 속으로 굴러 떨어졌다. 이 시골의 괴로움을 견디지 못하고, 나아가 도시의 화려함에 이끌려 도쿄로 떠나는 사람이 상당수 있었으나 그곳에도 풍요롭고 한가한 생활은 기다리지 않았다. 그뿐인가 매연, 신경을 갉아먹는 기계 소음, 매사 돈을 쥐어짜는 생활이 있을 뿐이었다. 마을을 뛰쳐나갔던 사람은 폐가 썩거나 머리가 이상해지거나 팔을 잃고 돌아왔다. 또 어떤 사람은 범죄자가 되어 마을에 돌아오지도 못하고 행방이 묘연해지기도했다.

이치조는 그런 분위기 속에서 어떻게 살지 망설였다. 그의 집은 중류 농가로 집안은 별로 힘들지 않았지만, 차남인 그는 종국에는 분가하든가 데릴사위로 들어가야 했다. 하지만 분가하면 선조에게 물려받은 재산을 세세하게 갈라 본가도 줄어들고 분가도 자작소작 겸농으로 떨어질 테고, 데릴사위로 들어가는 건 어쩐지 결심하지 못하겠는 마음이 있었다.

그러나 인간은 그런 분위기 속에 있으면 객관적인 판단도 독창적인 생각도 못 하는 법이다. 그 역시 망설이면서도 일반 청년처럼 실크 손수건을 목에 감고 마을의 진수鎭守 축제를 어슬렁거리거나 아이마이야曖昧屋* 의 지나 국수支那そば, 라멘의 옛 이름를 먹기도 했다.

어느 날 이치조는 마을청년단의 운동회 일로 K라는 마을 소학교 교사를 방문했다. 그는 사범학교 시절에 원반던지기 선수였었기 때문에 청년단 운동부 고문을 맡고 있었다. 아직 독신으로, 강가 절벽 위에 있는 선사禪寺에 하숙하고 있었다. 그가 아직 돌아오지 않았으므로 절 주지와 이야기하며 교사의 방에서 기다리고 있었다. 절 앞 한가득 향기롭게 핀 유채꽃이 어둠에 녹아들고도 그는 돌아오지 않았다. 무료해진 이치조는 문득 방안에 있던 잡지를 집었는데, 그것이 『아사히 그래프アサヒグラフ』** 였고 청소년의용대와 개척단 특집호였다.

"선생님, 이 일에 흥미가 있으신가요?"

이치조가 돌아온 K에게 처음 한 말이 그것이었다. 그리고 의용대가 대륙 땅에 괭이를 내려찍고 있는 사진을 눈앞에 내밀었다.

---

* 요릿집이나 찻집 혹은 여관 간판을 건 사창집이다.

** 아사히(朝日) 신문사에서 간행한 사진잡지이다.

"음." K는 이치조의 뜨거운 눈초리에 무슨 뜻인지 이해 못한 모양으로 의아하다는 표정이었다. 그리고는 이해한 듯이 미소 지으며 말했다.

"아니, 흥미라니……. 딱히 그런 건 아니지만 친구를 만나러 갔더니 주길래."

이치조는 약간 실망한 표정을 지었지만 그래도 "그 친구라는 분이 흥미가 있으신 건가요" 중얼거렸다.

"그 친구 말인가. 그야 흥미는 물론이고 실제로 그 일을 평생 사업으로 여기고 있지."

그는 사범학교 시절 동급생으로, 야마가타山形현 출신인 관계로 개척민의 아버지라고 불리는 가토 간지加藤完治와 알게 되어 그 가르침을 받았는데, 청소년의용대의 내지훈련소가 씨氏의 손으로 창설됨을 기회로 그곳 지도원으로서 일생을 바치게 된 남자라는 것이었다.

이치조는 전에 한두 번 마을사무소에서 만주개척민 모집 포스터를 본 적이 있었다. 하지만 깊이 마음을 사로잡지는 않아 어느샌가 잊어버렸다. 그런데 지금 일만日滿양국기를 선두로 대륙의 황야를 행진하는 개척단의 모습, 거대한 철제 트랙터로 좁아터진 밭이랑 따위가 없는 드넓은 밭을 경작하는 광경, 몸뻬 바지를 입은 젊은 여자가 아기를 등에 지고 면양綿羊을 돌보는 모습, 혹은 대두大豆밭이 풍요롭게 바람에 나부끼는 풍경, 그런 사진을 『아사히 그래프』 속에서 발견했을 때 강하게 마음이 떨려오는 것을 느꼈다. 어째서 이렇게까지 마음을 사로잡는가, 그런 논리를 뛰어넘어 '이것이다!'라고 가슴 깊은 곳에서 우러나오는 격한 흥분을 억누를 수가 없었다. 아무리 도시화되어도 마음 깊은 곳에 숨어있던 농민혼이 분출할 구멍을 찾아 뿜어져 나온 것일 터이다.

K에게서는 그 이상 이야기를 알 수 없었다. 그는 친구 두서넛을 불러 이야기를 들으러 미토水戸 코앞에 있는 우치하라 훈련소에 있는 K의 친구를 함께 찾아가 보지 않겠느냐고 권했다. 하지만 친구들은 애매한 대답뿐이라 이치조는 홀로 이바라키현까지 가서 전직 소학교 선생인 아라이新井를 방문했다.

"지금 일본은 농업입국農業立國 재출발의 시기입니다. 하지만 솔직히 말해 내지의 금비농업金肥農業* 은 막다른 곳에 다다랐습니다. 그런데 만주는 이십 년 동안 비료가 필요 없는 비옥한 지질地質이죠. 더구나 현재 일본의 인구문제를 해결하는 열쇠는 역시 만주개척민, ……농업에 종사하는 대량 개척민 외에 없다고 생각하는 겁니다. 아직도 일반 대중의 이해를 얻지는 못한 모양입니다만, 이야말로 일본민족에 새로운 숨을 불어넣고, 나아가 발전시키는 최대의 길이라고 생각합니다." 아라이는 그런 뜻의 말을 서툴게 띄엄띄엄, 본부의 간소한 의자 곁에서 말하는 것이었다. 그리고 이치조에게 만주개척민의 선도자, 즉 선견대先遣隊** 로서 이 장업壯業에 따를 뜻은

---

* 당시에는 화학비료의 높은 가격을 빗대어 '금비'라고 불렀다.

** 본대(本隊)에 앞서 현지에 파견되어 입식지 토지 구입, 가옥 건축, 개간 등 이주 준비를 담당하는 선발대를 가리킨다.

없는지 물었다. 그는 구하나 구하지 못하고, 찾으나 찾지 못하던 이상理想이 이런 곳에서 아름답게 꽃을 피우는 데 놀랐다. 그리고 지금까지 깨닫지 못했음을 후회하기도 했다. 선견대라는 말도 처음 들었지만, 무엇인가 남자답고 훌륭한 울림으로 자신의 가슴 깊숙이 스며듦을 느꼈다. 그 이야기가 이치조에게 아무런 의심도 일으키지 않고 순순히 수긍케 한 것은 그가 찾아 헤매던 마음에 의한 것이기도 했지만, 하나는 아라이의 세속적인 욕망 따위는 조금도 느껴지지 않는 단순하고 진지한 풍모와 정신을 이치조가 잘 이해할 수 있었기 때문이기도 했다. 이 이야기는 속임수나 흥정은 아무것도 없는 벌거벗은 모습 그대로라고, 그 정도로 신용할 수 있었던 것이었다.

그는 선견대에 지원하기로 했다.

그는 우선 양친에게 자신의 결심을 이야기했다. 하지만 단칼에 거부당했다. 친구나 청년단 무리에게 이야기해보았지만 그들은 빙글빙글 웃기만 하고 분명하게 대답하는 사람이 없었다. 사나흘이 지났을 무렵 마을에서 이치조의 만주행을 웃음거리로 삼고 있다는 소리를 들었다. 그는 분노를 느꼈다. 자신이 비웃음을 사고 있다는 사실보다 일본의 현 상황이나 미래에 진지함이 결여된 태도에 공분을 느낀 것이다. 그러나 도쿄 근교 농민의 진지하게 생각해야 마땅한 것이 눈앞에 있어도 이를 나약한 도회적인 풍조로 얼버무리는 불행에도 동정해야 할 점은 있다고 생각했다. 그렇다면 자신만이라도 우선 실행해보자. 그리고 자신의 현지 성과가 구체적으로 이 부근 농민을 각성시키는 인연이 될 수 있다면 다행이라고, 그런 식으로 생각하게 되었다.

이치조가 부모를 겨우 설득해 선견대로서 내지의 농민도장農民道場*에 들어간 것은 그로부터 이삼 개월이 지난 뒤의 일이었다.

그런 경위가 있었으므로 그는 농민도장에서도, 하얼빈哈爾濱 훈련소에서도 다른 사람보다 배로 노력했다. 또한 그런 경위가 있는 만큼 농담으로라도 둔간병에 걸렸다는 소리를 듣는 데는 심한 모욕감을 느낄 수밖에 없었다. 더구나 단장이 그랬다는 것에 이르러서는 살을 저미는 것보다 괴로운 심경이었다.

"정말 단장님이 그렇게 말했나?"

그는 흙투성이 손을 떨며 가와사키 쪽으로 일어섰다.

그러나 상대는 그의 흥분한 얼굴을 보면서 하하하…… 웃고 있을 뿐 답하려 하지 않았다.

이치조는 포용력이 큰 이즈미 단장이 그런 소리를 가볍게 할 리 없다, 이는 평소 마음이 맞지 않는 가와사키의 조소와 매도에 불과하리라고 고쳐 생각했다.

이치조는 분한 나머지 서둘러 다시 투피좐을 만들기 시작했다. 전보다 상당히 속도가 빨라졌지만 조심스럽게 건져 올린 진흙을 목재 틀에 집어넣고 그 목재 틀을 쏙 빼내는데 진흙까지 틀에 따라

---

* 쇼와(昭和)공황으로 피폐해진 농촌을 구제하기 위해 1932년 농어촌경제갱생계획이 수립되었다. 이 농어촌경제갱생계획의 일환으로 농촌에 세워진 교육시설이 농민도장이다. 당시 농본주의자의 주장을 반영하여 심신단련과 정신도야를 통한 농민의 자력갱생이 중시되었다.

올라오거나 옆 부분이 흘러 무너지거나 했다. 조금 초조하구나, 스스로도 그렇게 생각했다. 그러다가 칠월의 염천炎天 이니만큼 더운 건 당연하지만 묘하게 더위가 강렬하게 느껴지고 끈적끈적한 땀이 이마 위에 솟아나는가 싶더니 이번에는 등줄기에 오한이 나기도 했다. 문득 그는 현기증을 느끼고 쓰러졌다. 이래서는 안 된다고 수그리고 있던 고개를 들자 늪의 모서리에 서있는 한 그루뿐인 버드나무가 흔들흔들 움직이는 듯이 보였다.

이치조는 십 분 정도 지난 후에는 이미 자신의 숙사 침구 위에 누워 있었다. 쓰러진 그를 함께 개축 일을 하던 서너 명이 이곳에 옮긴 것이다.

이즈미 단장도 머리맡에 앉아 부채로 그의 얼굴에서 가슴까지 시원한 바람을 부쳐주었다. 하지만 그런 친절이 지금의 그에게는 너무 괴롭게 느껴졌다. 그는 견디지 못하고 소리쳤다.

"그냥 내버려 두세요!"

묘하게 히스테리컬한 목소리에 단장이 그의 얼굴을 바라보았다.

"흥분하지 말고……."

"단장님, 저는 둔간병에 걸린 걸까요!"

단장은 가만히 그를 눈으로 위로하며 말했다.

"자네만은 그렇지 않을 거야, 더 마음을 가라앉히게. ……허나 어쩐 일인가. 전부터 몸 어디가 아프다고 느낀 적은 없었나."

그러나 이치조 본인도 분명히 알지 못했다. 그는 요 보름 정도 뭔가 우울하고 상쾌한 기분으로 있은 적이 없다는 기억이 있었다.

그로부터 그는 잠에 들었다가 깨기를 반복했다. 마지막에 눈을 가늘게 떴을 때는 같은 숙사 사람이 일에서 돌아와 저녁식사 준비를 하고 있는 듯한 소리가 멀리서 들렸다. 하지만 환자처럼 졸고 있던 이치조는 깜짝 놀라 안색이 바뀌어 침상 위에서 튀어 올랐다. 두 발, 멀리서 소총 소리가 들렸기 때문이었다. 비적이 습격했다! 머리로 생각하기보다 본능으로 알았던 것이리라. 그는 이미 맨발로 뒷문을 향해 달리고 있었다. 그리고 돼지우리로 이어지는 출구에 이르렀을 때, 그는 문득 자각했다. 같은 방에서 지내는 남자 두 명이 취사를 하고 있었는데, 평소와 다름없는 모습으로 그 두 발의 총성이 무슨 소리인지 귀를 기울이고 있는 것을 보고 자신이 얼마나 당황했는지 깨달은 것이다. 그러나 자신의 추태를 느끼면서도, 그의 몸속에는 아직도 어딘가에 숨고 싶은 공포가 휘몰아치고 있었다. 그 순간 이미 두 사람은 총성에는 신경 쓰지 않고 식기를 씻는 소리를 내기 시작했다. 그리고 한 사람이 무슨 소리를 하자 다른 사람이 소리 내어 웃었고, 그들은 함께 웃었다. 이치조는 이때 자신과 두 동지의 대조…… 결국 마음의 대조가 깊은 인상으로 남았다.

그는 맥없이 자기 자리로 돌아와 자기가 도망치는 꼴을 동료가 목격하지 않았음을 하늘에 감사했다. 그리고 아까의 인상이 마음속에 되살아났다. 자신은 무척 당황하고 있었는데 두 사람은 유유히 서로 웃고 있었다. 그러나 이 두 사람이 특별히 대단한 것이 아니라, 총성은 때때로 나기도 하고 설령 비적이었다 하더라도 바로 무기를 들고 공세攻勢를 취하는 것이 보통이며, 그 자신도 자연히 그런 마음가짐을 지녔을 터였다. 그런데 저런 공포에 사로잡혀 도망치려 한 자신. 그렇게 달라진 자신을, 무엇인가에서 깨어나듯이 분명히, 그것도 처음으로 깨달았던 것이다.

지금까지의 그는 보통 이상으로 용감했다. 한 달 반쯤 전에 이 지역 선견대 삼십육 명 중 열여덟 명으로 측량반을 조직하고 마을이 장래 소유할 토지를 측량하고 있었다. 저녁 무렵 갈대 그늘에서 돌아갈 채비를 하고 있노라니 총성이 들렸다. 그곳에 있던 자신들 서너 명을 노린 것임은 세 자 정도 앞의 갈대가 총을 맞고 꺾여 떨어져서 알았다. 모두 갑작스러운 일이라 적이 대체 어디 있는지 짐작도 하지 못했다. 하지만 이치조가 처음 발견하고 상대에게 응전하기 시작했다. 그가 처음 발견했다는 것은 그만큼 그가 침착했음을 증명하는 것이었다.

그런데 비적이 갑자기 측면에서 사격하기 시작한 아군 측량대원을 두려워해 도주한 덕분에 일동은 무사할 수 있었다. 하지만 그 귀로에 이치조는 절벽에서 발이 미끄러져 추락했다. 아까까지의 사격에 그의 마음이 아직 동요하고 있었으므로 이런 과실이 일어난 것이다.

절벽이라 해도 한 간 정도라, 평소라면 큰일도 아니건만 불행히도 이치조는 발목을 가볍게 삐었다.

그는 본부 뒤쪽의 휴양실에서 일주일 정도 누워 다리를 치료했다. 발은 곧 완전히 나았고 아무 후유증도 없어 선견대로서의 격무…… 다음 해에 입식할 개척민들을 위해 가옥, 식량, 우물, 그리고 경작지를 준비하는 일에 종사할 수 있었지만 돌이켜 생각하면 그때 마음에 생채기가 생긴 모양이었다. 인간은 긴장하고 있는 동안에는 아무것도 받아들이지 않는다. 그런데 육체적인 고장으로 와병하고 있는 동안에 마음이 느슨해졌고, 그 느슨해진 틈을 노려 북만의 황야를 건너는 비풍悲風 소리가 귀에 들려오고, 감은 눈꺼풀 안쪽으로 고향의 따스하고 단란한 저녁이 떠오르지 않는다고 누가 보증하겠는가. 이런 간단한 일이 경우에 따라서는 얼마나 가슴에 사무치는지 모르는 것이다.

이치조는 그렇게 돌이켜보니 어디가 아픈 것도 아닌데 몸 상태가 이렇게 된 것이 실은 그 무렵부터임을 알았다.

"스스로 깨닫지 못했지만, 가와사키 말처럼 나는 둔간병이다!"

이치조는 마음속으로 중얼거릴 수밖에 없었다. 그는 도쿄 아래쪽에 있는 고향을 생각했다. 그를 비웃던 사람이 다시 생각하도록, 나아가 자신의 성공으로 그들을 각성시킬 결심을 하고 만주에 왔던 만큼, 자신이 다른 사람의 배로 한심하게 느껴졌다. "바보 녀석!" 스스로에게 소리를 질러 보았다. 그러나 소리를 질러도 어떻게 되는 일이 아니었다.

그뿐인가, 자신이 둔간병임을 자각하자 비탈길에서 굴러떨어지며 가속도가 붙은 듯 증상이 심해졌다. 자신을 묘하게 비하하다가 다른 사람에게 시비를 걸거나, 그리고 무슨 핑계로든 선견대로서의 위험하고 힘든 일에서 도망치려 했다.

이제 기회를 봐서 귀국 수속을 밟는 수밖에 없었다. 귀국 후의 허영도 체면도 생각할 수 없었다.

*

어느 날 일이었다. 아오키 이치조는 참외와 토마토 밭을 밟고 있었다. 그의 손에는 만인 아이가 두 명 매달려 따라다니고 있었다. 귀국 기회를 노리는 그에게는 아이가 상당히 큰 위안이 되었다. 그는 쪼그리고 앉아 참외를 따서 손바닥으로 슥 닦고서 아이에게 줬다.

이 일대는 과일 채소밭인데, 이는 선견대의 본대 입식 준비였다. 일 년치 식량…… 곡물과 채소를 준비하는데, 곡물 쪽은 일손이 부족해 사들이기로 하고 채소 과일만 재배하기로 했다.

문득 그의 귀에 고함소리가 들렸다. 아이도 귀를 쫑긋 세웠다. 무슨 소리인지 알아들을 수 없었지만 명백히 일본어였다. 만인 아이는 일본의 시골 아이와는 딴판으로 붙임성이 있고 일본인에게도 쉽게 익숙해졌지만, 일본어 고함소리에는 큰 공포심을 느꼈는지 갑자기 움찔거리기 시작했다.

그 고함소리는 무성히 자란 수풀 너머에서 나는 모양이었다. 상대방 목소리는 전혀 안 들렸지만 일본인 목소리는 한층 격해졌다. 이치조는 이름도 모르는 작은 벌레가 날아다니는 수풀을 가르며 다가갔다. 그러자 한 명의 늙은 만인을 잡고 덩치 큰 일본인이 고래고래 소리를 지르고 있는 것이었다. 그 어깨가 솟은 모습에 뒷모습이지만 가와사키임을 알았다.

가와사키는 서투른 만어가 섞인 일본어로 떠들고 있었는데, 대강 만인 노인이 밭의 양배추를 훔쳤다는 것이었다. 그러나 만인은 말을 확실히 알아듣지 못하는 탓도 있는지 깜짝 놀란 얼굴로 한 마디도 하려 하지 않았다. 그것이 가와사키에게는 사람을 **얕보고** 있는 것처럼 보여 더욱 화를 돋우는 모양이었다. 또한 보기에 따라서는 분명 상대를 바보 취급하는 듯한 표정을 짓고 있었다.

이치조는 모욕적인 말을 하는 가와사키를 제지하려 했지만 아무래도 상대가 가와사키다 보니 예전부터 있었던 두 사람 사이의 불화 때문에 일부러 만인 편을 드는 것으로 보여 사태가 점점 악화될 것이 두려웠다. 더구나 사이가 나쁘기는 하지만 근본은 선량한 남자임을 알고 있었다. 그래서 가만히 있었다.

"언제까지 입 다물고 있을 셈이냐!"

한층 커다란 노성이 울려 바라보자 가와사키가 만인에게 덤벼들었다.

"가와사키!"

참다못해 이치조가 뛰어들었다. 이미 만인은 옆으로 휘청거리고 있었지만, 그 다음 타격은 막아냈다.

"생각해 봐! 네가 도가 지나친 행동을 하면 앞으로 올 본대 사람은 물론 크게는 우리 민족이 오해를 받는 원인이 되지 않겠나."

"충고하겠다는 거냐. 민족협화라 말하고 싶겠지. 네놈이 설교 안 해도 지긋지긋하게 알고 있다. 하지만 질서는 질서다. 질서를 깨고

도둑질하는 자를 놔둘 수 없어!"

"도둑이란 말이지. 네 눈으로 봤다는 건가? 거봐! 직접 본 게 아니잖아. 바구니 속에 양배추가 있었다고 그게 증거는 안 돼. 우리는 놈들을 지나치다 싶을 정도로 배려해야 해."

"저 얼굴을 봐라! 반항적인."

"그건 우리가 아직 진짜로 만인을 모르니까, 이상하게 보이는 거지."

"사사건건, 네놈은 말참견을 하는군. 둔간병이 뭐가 국책이야! 닥치고 있어."

이번에는 가와사키가 이치조에게 덤벼들었다.

"닥치라는 건 뭐냐!"

이치조는 둔간병이라는 말로 모욕함으로써 그의 입을 막으려는 가와사키의 방식에 분노를 느낄 수밖에 없었다. 그래서 상대가 주먹을 휘둘렀을 때 화가 나서 이치조도 맞서 주먹을 휘둘렀다.

그러나 덩치가 큰 가와사키에게는 당할 수 없었다. 엉망으로 얻어맞아 아픈 몸을 일으켰을 때에는 가와사키는 물론 만인도 없었다. 일어서려 하자 허리도 아프고 어깨도 아파서 으윽, 신음하며 도중에 몸을 수그렸을 정도였다. 그러나 이치조는 이제까지 한 번도 맛본 적이 없는 새로운 경험을 하고 있었다. 그것은 실컷 두들겨 맞고 지금까지 울적했던 것이 송두리째 날아간 상쾌함이었다. 그저 얻어맞았기 때문인 것이 아니라 자신이 올바르다고 믿는 바를 주장하고 얻어맞은 정의로운 만족감이 근본을 이루고 있었기 때문일 것이다. 딱 다 울고 난 뒤의 상쾌함과 비슷했다.

그는 일어서서 한동안 늪지에 핀 흰 연꽃을 바라보고 있었다. 만주의 광야를 채색하는, 상상도 할 수 없는 아름다움을 지닌 꽃이다. 그는 꽃을 보는 동안 울적한 기분과 함께 둔간병도 날아갔음을 느꼈다. "자, 드디어, 지금부터다!" 그런 강한 신념이 다시 불끈불끈 몸 깊숙한 곳에서 솟아오르는 것을 느꼈다.

개

다무라 다이지로
田村泰次郎

다무라 다이지로 田村泰次郎, 1911~1983

1911년 미에(三重)현에서 태어나 와세다대학 문학부를 졸업했다. 중일전쟁 시기 종군을 경험하고 전쟁문학을 창작했다. 대표작으로 1947년에 발표한 『육체의 문(肉体の門)』이 있다. 1983년 사망했다.

개

몸 전체가 큼지막한데 대나무를 대각선으로 자른 듯 곧추선 귀와 풍성한 털이 겉보기에는 훌륭했다. 만약 인간에게 인상이 있듯 개에게도 '견상'이라는 것이 있다면, 어느 쪽이냐 하면 척 보기에도 똑똑할 것 같은 생김새라기보다 오히려 그 반대에 가까운 생김새였다. 어디 멍한 데가 있는 것은 아니지만, 인간으로 말하자면 재기 넘친다는 느낌과는 약간 거리가 먼 느낌이 드는 개인 것이다.

사람을 봐도 무작정 짖지 않는다. 만인 중에는 이유 없이 더러운 몰골인 자도 있지만 그런 사람이 지나가도 입을 다물고 보내는 쪽이 많았다. 그렇다고 노견인 것은 아니다. "이 녀석은 엄마 뱃속에서 짖는 법을 까먹고 태어난 것인지도 몰라." 그렇게 말하며 얌전하고 귀엽다고 생각하는 반면, 개중에는 그것을 부족하게 생각하는 단원도 없지는 않았다.

이름은 언제 누가 딱히 붙이지도 않았지만 하치[八]라고 불렀다.

그 향鄕* 단원의 고향인 내지 지방에서 개 이름은 대개 하치였다. 단원들 중에는 어릴 때 개를 보면 모두 하치라는 이름이라고 생각하던 사람까지 있을 정도였다.

"몸뚱이만 커다래가지고 이놈은 정말 겉모습뿐이로군. 하치, 가끔은 돼지라도 물어뜯어라."

그런 소리를 들을 만큼 덩치만은, 근처 만인 부락에도 만인들이 기르는 개 중에는 상당히 큰 개가 있는데 그것들보다도 더 강해 보일 정도로 당당했다.

그렇게 일견 특이한 데가 있는 개를 기르는 것이, 광막하고 끝없는 토지에 맞서 땀과 흙투성이가 되는 개척민이라는 존재에게 기르는 자와 길러지는 자라는 조합이라는 점에서 일종의 흐뭇한 기분을 맛보게 한다는 것은 분명했다.

자신들이 하치를 기르기 시작한 것이 언제부터인지 분명히 아는 자는 단원 중에도 그렇게 많지는 않았다. 그렇다기보다도 모두가 그 정도로 깊이 생각하지 않는다는 쪽이 맞을지도 모른다. 처음에 하치는 역시 이 땅의 만인이 기르던 개가 아닐까 추측했다. 삼년 전에 단이 이 땅에 입식하는 것이 결정되고 선견대가 들어왔을 때, 그 임시숙사로 매입한 만인 가옥에 남아있던 것이 이 개였다. 그것을 건설에 바쁜 단원들이 딱히 기른다는 기분은 아니지만 그냥 잔반 등을 주는 사이에 어느 틈엔가 단의 개처럼 된 것이다.

* 고을이나 몇 개 마을을 가리키던 옛말.

처음에는 본부 주위를 어슬렁거리고 있었는데, 곧 그 향에 사는 것 같은 꼴이 되었다. 그 개는 히라타 세이사쿠平田清作가 데려 온 것이었다. 세이사쿠의 말에 따르면 "하치가 따라왔다"는 모양이지만, 어느 쪽이건 세이사쿠가 그 무렵 자기 향과 본부 사이의 일 리에 가까운 길을 매일 연락원으로서 말을 타고 왕복하던 어느 날, 돌아오다가 문득 도중에 뒤돌아보자 말 꼬리 쪽에서 날듯이 따라 달리고 있던 모양이었다. 그것이 하치가 세이사쿠의 집에 온 첫날이었다.

하치가 어째서 세이사쿠를 따라왔는지는 모르지만, 하치 쪽에서는 매일 본부에 얼굴을 보이는 세이사쿠의 얼굴을 익힌 것이 사실일 것이다. 하치는 그로부터 매일같이 세이사쿠를 따라 본부와 향 사이를 왕복하게 되었다. 하치가 늘 자기 집 처마 밑에 웅크리게 되고서도 세이사쿠는 그다지 하치를 귀엽게 여기지는 않았다. 이는 그 무렵 세이사쿠의 심리 상태와 크게 연관이 있음은 부정할 수 없다.

입식하고 얼마 안 된 때였고 모든 단원이 건설을 향해 미친 듯이 열중하고 있었던 것은 말할 것도 없는데, 세이사쿠도 그중 한 명이었다. 농작에, 개인 가옥 건설에, 사람들이 힘을 합쳐 부딪쳐 나가고 있는 와중에 세이사쿠는 세이사쿠대로 스스로에게 할당된 본부와의 연락 업무를 한눈팔지 않고 열심히 하고 있었던 것이다.

그가 어째서 그런 일을 받아들였냐 하면, 그것은 그가 내지에서 오랫동안 고향 마을을 뛰쳐나와 도쿄에서 술 도매상의 빈 병 모으기나 세탁소의 교섭 같은 일을 했기 때문이 틀림없었다. "히라타 군, 고생스럽겠지만 자네가 이 일을 해주는 것이 가장 적임이라고 생각하네. 머리도 꽤 필요하고 말이야" 하고 향장인 구보타久保田가 말했을 때 세이사쿠에게 조금의 불만도 없는 것은 아니었지만, "머리가 필요한 일"이라는 소리를 듣자 생존경쟁이 치열한 도회에서 몇 년간 살아남은 자신의 실력을 인정받은 듯한 기분이 든 것은 부정할 수 없었다.

얼마 안 되어 세이사쿠가 말을 타고 본부를 왕복하는 모습을 밭 안에 뻗은 긴 길에서 볼 수 있게 되었다.

세이사쿠가 몇 년 전에 고향 마을을 뛰쳐나간 것은 시골에서 평생 농사꾼으로 멍하게 살기 싫어서였지만, 그 무렵 마을을 떠난 것은 그 한 명이 아니었다. 남자나 여자나, 젊은이는 점점 자진해서 도회의 소용돌이에 몸을 던졌다. 그가 알고 있는 여자만 해도 도쿄에 가서 여급이 된 자가 한둘이 아니었다. 모두 시골 경기가 나쁘다는 것이 가장 큰 이유처럼 말했지만, 그렇게 보자면 도회도 경기가 좋은 것은 아니었다. 모두 겨우 오 전, 십 전 돈이 궁하면서도 스스로 자진해서 도회의 격렬한 생존경쟁에 시달리며 더러운 벌레처럼 도회의 하층을 기어 다녔다. 세이사쿠도 그런 벌레 중 하나였다. 밤이 되면 머리에 기름을 반짝이며 네온사인이 흘러넘치는 거리를 불량배처럼 눈을 부릅뜨고 동료와 돌아다니는 일에 뭐라 형용할 수 없는 삶의 보람 같은 것을 느꼈던 것이었다.

그 도회에서 다시 자기 마을로 돌아온 것은 세이사쿠의 신상에 여러 가지 일이 일어났기 때문인 것은 말할 것도 없으리라. 돈과 여자 문제로 험한 꼴을 당하자 고향의 가난하지만 조용하고 침착한 분위기가 마음에 되살아난 것이다.

그리하여 세이사쿠는 불쑥 마을로 돌아온 것이었다.

세이사쿠는 잠시 멍하게 지냈지만, 곧 진정하고 마음을 바꾼 듯이 밭일을 돕기 시작했다. 부모는 안심한 것 같았다. 대륙의 땅으로 가는 개척민을 모집한다고 하여 세이사쿠의 지방에서도 떠나는 사람이 생겼을 때 그도 이에 참가했다. 머지않아 세이사쿠 일행은 제6차 개척민으로서 이곳에 입식한 것이었다. 개척민이 되면서 그는 마치 다시 태어난 듯한 기백으로 희망에 불타 고향을 떠났다.

땅 끝까지 이어지는 것일까 하는 생각이 들 정도로 새까만 옥야, 그는 이를 보았을 때 진심으로 이곳에 온 것이 다행이라고 생각했다. 이 땅에서 힘껏 괭이를 휘둘러보자. 그는 내지에 있는 부모에게 희망이 흘러넘치는 편지를 보냈다.

그런데 그의 단에서 할당한 임무는 밭을 경작하는 일이 아니었던 것이다. 그는 자신에게 이런 일을 시키는 것은 달리 적임자가 없기 때문인 것은 분명하지만, 역시 단의 간부들이나 자기 향의 단원들이 자신을 도회인처럼 보기 때문인 것 같다고 여겼는데, 그것이 자신을 그만큼 중히 여기기 때문인지, 혹은 그만큼 가볍게 여기기 때문인지 알 수 없었다. 향장인 구보타는 연락일이 "머리가 필요한 일"이라고 했는데, 이는 향과 본부가 다양하게 서로 보고하는 역할 외에 본부에서 향의 단원 앞으로 온 우편물을 가지고 돌아오거나, 향의 사람에게 부탁을 받아 본부 구매조합에서 일용품을 사오는 일까지 맡아야만 했기 때문이었다. 밭일은 걱정 말고 향 사람에게 맡기라고 했지만, 세이사쿠는 아직 자신에게 맡겨진 일에 열중할 자신이 없었다.

"머지않아 누군가에게, 좀 있다가 바꿔"달라고 구보타에게 말함으로써 결코 이 일에 만족한 것은 아니라는 자신의 의지를 일단 분명히 하고, 세이사쿠는 일을 맡았다. 스스로도 마음을 바꿔먹고 일단 시작하자 일이 재밌어져서 이 일은 향 전체를, 나아가 단 전체를 한 가족이라 생각하면 결코 가볍게 여길 일이 아니라 생각하게 되었다. 그는 매일 맑은 날은 말발굽에 먼지를 일으키며, 비가 올 때는 질척거리는 진흙길을 말로 열심히 왕복했다.

하치가 세이사쿠의 개처럼 여겨지게 된 것은 그로부터 머지않은 무렵의 일이었다.

입식하고 두 번째 여름이 왔다. 겨울 동안 건축 자재를 옮겼으므로 단에서는 각각의 향에 개인 가옥을 지었다. 빠른 사람은 이미 내지에서 가족을 부르기 시작했다. 밭이 조금 손이 덜 가게 되자 젊은 독신 단원 중에는 '대륙의 신부'를 맞으러 내지로 떠나는 사람도 나타났다. 세이사쿠는 역시 끈기 있게 연락 업무에 종사하고 있었다.

그런데 그런 어느 날, 세이사쿠가 평소처럼 본부 건물에 들어가자 안쪽에 있던 경비지도원이 세이사쿠의 모습을 발견하고 다가와서 말했다.

"히라타 군, 자네에게 잠깐 할 말이 있으니 이쪽에 좀 오겠나."

그는 그렇게 말하고 본부 뒤쪽으로 향했다. 세이사쿠는 무슨 일인가 생각했지만 상대가 일부러 사람을 피하듯이 건물 뒤쪽으로 갔으니 필시 다른 사람이 들으면 안 되는 이야기라 생각하고 뒤따라갔다.

본부 뒤에는 열 간間정도 떨어진 곳에서 농사지도원의 부인이 더운 양달에서 백화나무 장작을 쪼개고 있었다. 요즘 농사지도원에게 시집온 사람으로, 내지의 여학교를 나왔다고 했다. 이 부인이 아직 대륙의 따가운 볕에 타지 않은 흰 팔을 들어올릴 때마다 도끼가 번쩍 햇살을 튕기고 백화나무 장작이 짝 갈라졌다.

"실은 말이지, 히라타 군, 이건 자네에게는 듣기 좋은 얘기는 아니겠지만" 경비지도원이 그렇게 말을 꺼냈다. "자네가 매일 연락업무를 해주는 것은 고생스러운 일이지만, 그 일로 좀 안 좋은 소문이 들려서 말이지. 그것은 문제 삼기에는 사소한 소문일지도 모르지만 자네는 그런 소문도 있다는 걸 알아두는 편이 좋다고 생각하네."

"대체 어떤 소문입니까."

"자네, 이걸 듣고 화내면 안 되네. 그야 화를 안 내는 것도 어렵겠지만, 진정하고 들어주게."

세이사쿠는 묵묵히 고개를 끄덕였다.

"사실은 말이지, 자네가 늘 향 사람이 맡긴 돈을 대신 쓰는데 이 계산이 딱 안 맞을 때가 있다는 사람이 있네."

그 소리를 들었을 때, 세이사쿠는 문득 머리를 갑자기 망치로 얻어맞은 것처럼 띵했다. 자신이 맡은 돈을 슬쩍 가로챘다는 것인가. 그것은 전혀 생각도 못한 충격이었다. 그는 자신이 지금 서있는 땅이 갑자기 흔들린 것처럼 느꼈는데, 이는 그의 몸이 덜덜 떨리고 있었기 때문이었다.

"대체 누가 그런 소리를 하는 건가요."

겨우 그것만 물었다.

"딱히 누가 그랬다는 건 아니네만, 뭐 그런 소문도 있다는 건 알고 조심하는 게 좋겠네."

경비지도원이 그렇게 말하고 이어 말했다.

"뭐, 그렇게 화내지 말게나, 자네가 진정 옳다면 그러다가 모두 이해하게 될 수 있을 거야. 길게 보고 참게나."

그렇게 말하고는 본부 안으로 쏙 들어갔다. 세이사쿠는 그 강인한 뒷모습을 보고 평소 믿음직스럽게 여겼던 그 간부의 유유자적한 침착함에 괜스레 부아가 치밀었다. 대체 누가 그런 말도 안 되는 소리를 시작한 것일까. 그런 말이 나온 건 단 사람이 여전히 자신을 도회의 악에 물든 변변치 않은 인간으로 보기 때문임이 틀림없었다. 자신이 이 년 가까운 기간 매일 자신의 마음에 차지도 않는 일을 향을 위해, 단을 위해, 묵묵히 몰두하여 온 것을 생각하자 세이사쿠는 배신당한 듯한 분노를 느꼈다. 그런 의심을 받을 만한 일이 지금까지 있었는지 생각해보았지만 짚이는 데가 없었다.

세이사쿠는 피가 확 솟구친 머리로 양달을 바라보고 있었다. 텅 빈 눈에 농사지도원의 젊은 부인이 들어 올린 도끼가 반짝반짝 빛나는 것이었다. 흔들흔들 허공에 떠 있는 것 같은 발걸음으로, 세이사쿠는 취한 남자처럼 본부 바깥쪽으로 돌아갔다. 문에 웅크리고 있던 하치가 그의 모습을 보자 기쁜 듯이 꼬리를 흔들며 달려와 발치에 엉겨 붙었지만 그는 귀찮은 듯 그것을 손으로 밀치고는 말을 매어둔 쪽으로 걸어갔다. 그리고 그는 눈에 핏발이 서서 말에 올라탔다.

다음날부터 세이사쿠는 몸이 안 좋다며 집에 틀어박혀 나오지 않았다.

향은 곤란했지만 얼마 전에 어느 단원에게 새로 온 동생이 있었으므로 급한 대로 그 젊은이에게 대신 연락 업무를 맡기게 되었다. 세이사쿠는 업무를 때려치고는 매일처럼 집에서 빈둥거리며 밭에도 안 나가고, 향의 일도 거들려 하지 않고, 향 사람을 백안시했다.

세이사쿠에게 그런 의심을 품었다는 것은 부주의한 한두 명의 생각임이 틀림없었지만, 그는 완전히 비뚤어졌던 것이다. 이제 이런 곳에 있고 싶지 않다고 생각했다. 그렇게 생각하자 그 마음의 비틀림에 파고들 듯이 도쿄의 화려함이 떠올랐다. 독살스러운 색색의 네온이나 그곳에 있는 눈화장을 한 여자들의 얼굴이, 지금의 세이사쿠에게는 눈앞에 그럽게 어른거리는 것이었다. 그가 몇 번이나 이대로 내지로 돌아갈까 생각했는지 모른다. 하지만 이대로 돌아가면 뭔가 향 사람들에게 지고 도망치는 것 같은 기분이 들어 스스로의 마음이 허락하지 않는 것이었다.

그는 뭔가 한번 본때를 보여줘야 속이 풀리겠다고 생각하게 되었다. 그는 향 무리와 거의 말도 하지 않고 건들거리며 지냈다. 하치만 상대했다.

가을 수확이 끝나자 개척지는 겨울을 맞았다. 단원들은 탈곡과 가축 손질로 바빴다.

십이월이 되자 매년 그렇듯이 채벌을 위해 입산해야 했다. 그래서 경비지도원의 지도하에 채벌반을 조직하게 되었다. 세이사쿠는 자원했다. 영하 몇십 도라는 산골짜기의 인기척이 없는 꽃 같은 수빙樹氷* 사이를 마음껏 돌아다니면 얼마나 기분이 상쾌할까 생각했던 것이다. 단원들은 세이사쿠가 입산 기간 동안 동료가 되고 싶다는 소리를 듣고 대체 무슨 생각인지 조금 찝찝하게 여기는 사람도 있었지만 결국 일행으로 받아들였다.

머지않아 채벌반은 활짝 갠 겨울 하늘 아래 방한복을 입고 트럭을 타고 본부를 출발했다. 이 주변에 비적은 이미 전혀 없다고 해도 무방할 정도였지만 만일의 경우에 대비하여 총도 몇 자루 가져갔다.

산에 들어가 적당한 곳을 발견하자 단원들은 땅을 파고 백화나무나 전나무를 베어 천지근원건조天地根元造り** 의 산 오두막을 지었다.

다음날부터 매일 벌채가 이어졌다. 세이사쿠에게는 늘 그렇듯이 하치가 따라왔다. 하치는 벌채반 사람들에게는 늑대나 비적의

---

* 영도 이하에서 얼어붙은 안개가 나뭇가지에 붙은 얇은 얼음 층.

** 맞배지붕을 직접 지상에 얹은 양식의 건물로 에도(江戸)시대에 신사(神社)건축의 원형으로 보고 명명한 이름이다.

습격에서 그들을 지켜주는 충실한 보초 역할을 하는 것이었다.

세이사쿠는 미치기라도 한 듯이 도끼를 들어 올려 족족 큰 나무에 도전했다. 두꺼운 줄기가 쿵 지면을 울리며 지상에 쓰러질 때의 짜릿한 손맛이 뭐라 형용할 수 없을 정도로 좋았다.

심한 눈보라가 부는 어느 날의 일이었다. 그는 갑자기 도끼를 휙 발치에 내려놓고는 홀로 산속에 들어갔다. 경비지도원은 벌채로 입산한 동안에 혹시 있을 수 있는 위험을 생각하여 단독 행동은 엄하게 금지했는데, 세이사쿠는 아랑곳하지 않고 얼음 꽃에 닫힌 수해樹海 속으로 사라진 것이었다.

세이사쿠는 걸음마다 땅을 밟아 다지듯 쿵쿵거리며 숲속을 걸었다. 벌써 몇 시간을 이렇게 걸었을까. 배가 고팠다. 배가 고프자 추위가 한층 세이사쿠를 덮쳐왔다. 하지만 세이사쿠에게 그런 건 이미 아무렇지 않았다. 그는 자신이 걸어가는 방향의 멀리 저편에서 예민해진 신경으로 번쩍거리는 푸른 존재를 바라보고 있었다. 그것은 마치 불가사의한 발광체처럼, 어두침침한 인광燐光 같은 것에 감싸여 있었다. 이윽고 해가 저물기 시작하자 백화나무나 졸참나무, 떡갈나무 가지까지 어두워지고 사위는 어둠에 잠겼다. 하지만 세이사쿠의 눈앞에는 여전히 그 푸른 존재가 있었다. 그의 두 눈은 그것을 바라보며, 흡사 횃불처럼 활활 빛나며 숲속의 어둠 속으로 나아갔다.

세이사쿠가 채벌지점에서 사 리나 안으로 들어간 숲속에서 거의 죽은 듯이 쓰러진 것을 수색하던 채벌반 동료가 구한 것은 그 이튿날 아침 일이었다. 몇 시간만 더 발견이 늦었으면 세이사쿠는 굶주림과 추위로 죽었을지도 모른다. 세이사쿠를 처음 발견한 것은 그가 기르던 하치였다.

세이사쿠가 정신이 들었을 때 경비지도원이 그의 얼굴을 들여다보고 "히라타 군, 자네를 발견한 것은 하치공公*이야. 이 녀석이 자네 생명의 은인이라네"라고 말했다. 세이사쿠는 그다지 감사하지도 않다는 표정으로, 단원들과 똑같이 걱정스럽게 얼굴을 들여다보는 개를 바라보았다. 단원들은 세이사쿠가 정신이 들자 안심한 듯 다행이라는 표정을 짓는 것이었다.

그런 일이 있고서 세이사쿠의 일그러진 기분이 조금 나아진 것 같았지만 아직 원래대로 돌아오지는 않았다. 단장도 걱정이 되어 "히라타 군, 자네도 빨리 부인을 맞지 않겠나, 벌써 단원 중 독신인 건 자네를 포함해서 세 명밖에 없네" 하고 말하기도 했지만, 그는 "저는 아직 장가들 기분이 아니라서" 하고 무뚝뚝하게 거절하는 것이었다.

긴 겨울이 지나고 봄이 왔다.

얼어붙어 있던 지표면이 풀리자 녹색 풀이 타오르듯이 펼쳐지고 개척지의 바쁜 파종기가 찾아왔다. 이제 곧 여름이었다.

세이사쿠는 역시 불통한 표정을 바꾸지 않고 밭일을 하러 갔다. 본부 간부들은 아메바 이질에 걸리지 않도록 민물을 마시지 말라

---

* 주인이 죽은 뒤에도 매일 시부야(渋谷)역 앞에서 주인을 기다려 충견으로 유명한 하치공의 이름에 빗댄 칭찬이다.

고 단원들에게 엄하게 일렀다. 세이사쿠는 어느 날 너무 목이 말라 슬쩍 만인 집의 녹로轆轤, 도르래식 우물에서 민물을 길어 마셨다. 한 번 마시고 아무렇지도 않자 그뒤로 때때로 민물을 마시게 되었다.

"민물을 마시면 아메바 이질에 걸린다고 그렇게 겁을 줘서 이렇게 맛있는 물을 못 마시게 하는 건 너무하지. 나는 아무리 마셔도 아무렇지도 않아. 너희도 마셔라."

세이사쿠는 민물을 단 무리 앞에서 꿀꺽꿀꺽 마셨다. 단원들은 눈을 크게 뜨고 질린듯이 그런 세이사쿠를 지켜보고 있었다. 그는 기분이 좋았다.

하지만 결국 나중에 세이사쿠는 그 아메바 이질에 걸렸다. 그는 고열이 나서 본부에 있는 단의 병원에 실려 갔다. 의사의 진찰에 의하면 보통 아메바 이질보다도 훨씬 악성이 심한 것이라고 했다.

며칠씩 고열에 시달리고서야 겨우 열이 내렸다.

그날 아침은 아직 어두웠는데, 꿈에서 깬 듯 멍한 세이사쿠의 귀에 병원 정원 근처에서 개 짖는 소리가 들렸다. 하치가 짖는 소리라는 것을 바로 알아차리고 세이사쿠는 침대에서 반신을 일으켜 창밖을 내다보았다. 새벽의 옅은 빛 속에서 하치의 몸이 피투성이인 것이 보였다. 그 희고 긴 털은 시꺼먼 피투성이로 엉겨 있었다. 세이사쿠는 믿을 수 없는 것을 본 듯한 기분으로 그것을 보았다.

몇 명의 단원이 하치를 둘러싸고 있었다. 의사가 쭈그리고 앉아 하치의 피를 닦고 붕대를 감고 있는 것이었다. 대체 어떻게 된 일인지 세이사쿠는 비틀비틀 일어나 복도로 나가 벽에 기대며 정원으로 나갔다.

하치는 세이사쿠의 모습을 보자 기쁜 듯 꼬리를 흔들며 낮게 울었다. 그 꼬리에도 피가 엄청나게 묻어 있는 것이었다.

"히라타 군, 자네의 하치공은 대단한 녀석이야. 우리는 이 녀석의 진짜 강함을 몰랐네. 이 녀석이 평소 멍한 것을 보고 우리는 조금 멍청한 게 아닌가 했지만 그렇게 생각한 우리가 바보였지. 이 녀석은 강하고 현명한 놈이었어."

단원들은 입을 모아 하치를 칭찬했다.

하치가 어젯밤 단의 면양綿羊을 노린 늑대를 물어뜯어 쫓아냈다는 것이었다. 하치는 세이사쿠가 입원하자 단의 구석진 곳에 있는 면양 사육장을 지키게 되었다.

이를 알았을 때 세이사쿠는 몸속에서 뭐라 형용할 수 없는 감동이 용솟음침을 느꼈다. 멍한 개로 보였던 하치가 의외로 강해 사람들을 놀라게 했다. 그저 그것뿐이었는데, 세이사쿠는 갑자기 마음이 맑아지는 것을 느꼈다. 세이사쿠는 오랫동안 가만히 아침의 차가운 땅 위에 서서 치료를 받는 하치의 모습을 바라보고 있었다. 하치도 기쁜 듯이 주인을 보며 때로 낮게 짖었다. 그렇게 사람과 개는 지금 마치 인간끼리 그러듯이 서로 마음의 교류를 느끼고 있는 것이었다. 이는 세이사쿠가 처음 느끼는 감정이었다.

그로부터 병원의 한 방에서 세이사쿠와 하치의 기묘한 요양생활이 이어졌다.

이십여 일이 지나자 둘 다 거의 나았다.

세이사쿠는 환한 얼굴로 퇴원했다.

"나는 이 녀석 때문에 다시 살아난 것이나 마찬가지야. 나는 이 녀석에게 가만히 쭈그리고 앉아 상처가 낫길 기다리는 인내심을 배웠어. 정말이지 이놈은 대단한 놈이지, 내 재생의 은인이야."

사람을 만날 때마다 세이사쿠는 그렇게 말하고 자기 앞을 가는 하치의 모습을 찾는 것이었다.

이 계절에는 하룻밤 새 세 촌寸씩 자라난다는 수수밭 속에서 하치는 마음껏 뛰어가고 있었다.

숨결

이토 세이

伊藤整

이토 세이 伊藤整, 1905~1969

홋카이도에서 태어나 1927년에 도쿄상과대학에 입학하였다. 대학을 중퇴하고 조이스의 『율리시즈』, 로렌스의 『채털리 부인의 사랑』을 번역하였다. 1932년에는 『신심리주의문학(新心理主義文学)』을 통해 의식의 흐름 기법 등 심리주의문학 기법을 소개하였고, 1937년에는 그 문학적 실천으로서 『유귀의 거리(幽鬼の街)』 등을 발표하였다. 1950년 『채털리 부인의 사랑』 완역판 출간 때문에 외설죄로 기소되어 예술표현의 자유에 관한 법적투쟁을 했는데, 그 체험을 『재판(裁判)』 등으로 발표하였다. 1969년 사망했다.

숨결

산의 경사면斜面에 벽돌을 굽는 아궁이가 있었다. 그것은 옆에서 보면 커다란 벌레가 기어가는 듯이 한 절마다 잘록하게 길게 이어져 있었다. 앞에서 보면 세 간 정도 폭이 있어 파도가 밀려온 형태 그대로 정지한 듯이 산의 경사면에 달라붙어 있었다. 그 아궁이 곁에는 다홍색이라고 할 정도로 색이 선명한 벽돌이 쌓여 있었다. 그 주위에는 지면이 붉어 보일 만큼 파편이나 필요 없는 벽돌이 흩어져 있었다. 경사면 옆에 있는 그 아궁이로 다가가는 길을 가면 건축용으로 만들어진 듯한 평지에 온통 반쯤 말린 벽돌 모양 흙이 놓여 있었다. 그것은 흙에 아무것도 섞지 않았는지 지면과 같은 색이었다. 이 흙을 그대로 구우면 저런 붉은 색이 되는 걸까, 우스이薄井는 이 땅에 예상치 못한 바를 느꼈다. 벽돌의 붉은 당근 같은 색은 이 땅이 낳은 것이지만, 기이하게도 화려함을 연상시켰다. 검은 흙, 둔한 표정, 칠칠치 못할 정도로 한없이 펼쳐진 토지, 그런 것의 둔중한 느낌이 가도 가도 끝나지 않는 건가 했는데, 이 검은 흙에서 이렇게나 선명한 붉은 벽돌이 나온다.

그는 아까 평지에서는 보였지만 경사면에 들어가면 안 보이는 단團 본부인 듯한 건물 쪽으로 가고 있었다. 벽돌공장 곁에는 지저분한 푸른 옷을 입은 만인滿人이 두 명, 땅에 떨어진 것이라도 찾는 듯 어슬렁거리고 있었다. 우스이가 다가가자 고개를 들고 일어나 허리를 쭉 펴고 이쪽을 바라보았다. 그는 노인 같다고 생각했다. 만인에게서는 일본인이 지닌 격렬함을 도통 찾을 수 없었다. 눈에 험악함이 없었다. 그 때문인지 젊은이도 늙은이와 마찬가지로 수동적이기만 한 표정을 짓는다. 정치적인 입장 때문에 절로 저렇게 된 것일까. 그 두 명의 만인도 아직 서른은 안 되어 보였지만 볕에 탄 까만 얼굴로 입을 멍하니 벌리고 이쪽을 보는 모습은 쉰 살 정도의 우울하고 수동적인 표정이었다.

저 얼굴에 무엇이 있을까, 우스이는 생각했다. 그가 흥미를 가진 것은 오히려 만인 중에서는 노인이었다. 부락의 노점 등이 늘어선 양지에 가만히 쭈그려 앉아 있는 노인의 주름투성이 얼굴에는 식물과 마찬가지로 지면에서 빨아들일 수 있는 양분만으로 몇십 년을 살아온 인간의, 자연스러운 나뭇결 같은 아름다움이 있었다. 하지만 젊은이의 강인하고 건장한 신체에 수동적인 표정은 어울리지 않았다. 그보다도 우스이로서는 그 표정의 정체를 이해할 수 없었다. 어딘가 한 군데라도 반짝이는 생명 같은 것이 있었으면, 하고 그는 만인의 표정을 주시하며 걸었지만 도통 찾을 수 없었다.

하지만 점성만 강한 저 검은 흙에서 저렇게나 붉은 벽돌이 나온다면, 그는 무엇인가 자신은 이해할 수 없는 것이 흐릿한 만인의 내면에도 있을 것이라 예상했다. 그것은 평범한 유추였다. 그러나 그렇게 생각하지 않으면, 자신과 같은 피부색을 갖고 같은 골격을 가지고 살아 있는 그들이 너무나 안타까운 존재가 된다.

경사면 너머로 아까 본 건물이 보였다. 길이 그곳에서 갑자기 꺾어져서 바로 열 간 정도 앞에 나타났다. 그가 '어라 여기는' 하고 주위를 돌아보자 만 정보町步에 가깝다는 이 개척단의 전답을 한눈에 조망할 수 있었다. 이곳은 그 평지에서 겨우 백 미터 정도 높이인데, 병풍처럼 이 평지의 북쪽을 감싸는 낮은 산맥의 끄트머리로 동남쪽에 펼쳐진 평야의 저쪽 끄트머리가 서서히 솟아올라 이곳과 비등한 높이로 능선을 이루는 곳까지 한눈에 보였다. 그곳까지 삼분의 일 정도 경작된 평야와 이쪽저쪽에 몇 킬로미터 간격으로 몇 채씩 모인 부락이 모형도처럼 뚜렷이 보였다. 그는 단 본부를 여기 둔 것은 잘한 일이라고 생각하며 돌계단을 두서너 단 더 올라 건물 앞에 섰다.

이런, 우스이는 눈을 크게 떴다. 건물에는 도미다富田 개척단 진료소라는 간판이 걸려 있었다. 이주지의 진료소라기에는 훌륭했다. 높이 쌓아올린 러시아식 벽돌 건물로 위아래로 긴 창이 현관 오른쪽에 넷, 왼쪽에 셋, 더구나 안쪽 길이도 그 정도이니 오십 평쯤 될 것 같았다. 뭐야, 단 본부가 아니었나, 여기까지 올라왔다고 지쳤다고 할 거리도 아니건만 현관의 콘크리트 계단에 주저앉고 싶어졌다. 여행을 떠난 뒤로는 늘 피로를 경계하는 마음이 있어 금방 쉬려는 것이다. 우스이는 배낭을 내려놓고 거기에 걸터앉아 또 평야를 둘러보았다. 배후의 진료소에서는 아무 소리도 안 나 흡사 사람이 살지 않는 듯 한적했다. 그러다가 문득 현관 안쪽에서 천천히 움직이는 괘종시계 소리가 나기 시작했다. 슬리퍼로 짝짝 소리를 내며 걸어 다니는 발소리가 들렸다. 귀가 익숙해졌구나 생각하며 그는 역시 앞쪽 평야를 내려다보고 있었다. 여기를 전부 일본인이 경작하고 있는 것이 거짓말 같았다. 지금이 파종기라는데 사람 그림자를 찾아도 말을 몰아 밭을 갈고 있는 듯이 보이는 천 미터 정도 떨어진 곳에 어른거리는 두세 명의 인영 외에는 아무 데서도 사람 그림자라고는 찾아 볼 수 없었다. 그는 양 무릎에 올린 팔꿈치에 턱을 괴고 멍하니 보고 있었다. 볕이 강하게 내리쬐지는 않았지만 맑은 날이라 그의 전신에 햇살이 닿았다. 슬쩍 눈이 자연스럽게 감겼다. 졸립구나, 생각했다. 피곤한 것이다. 그러나 그의 내면에는 이 새로운 마을에서 어떤 사람을 만날까 하는 기대가 쉴 새 없이 꿈틀대고 있었다.

의사라. 이 이민단에는 어떤 현자가 있을까 싶었다. 우스이는 그 기분에 이끌려 불현듯 몸을 일으켜 현관의 유리문을 밀었다. 안쪽에 들어가 두세 번 소리를 냈지만 아무도 나오지 않았다. 한 평 크기의 봉당封堂*에 선 채 가만히 있었다. 그러자 막다른 왼쪽 문이 갑

* 주택 내부에 흙바닥으로 된 공간.

자기 끼익 열렸다. 마치 지금까지 숨을 죽이고 그곳에서 기다렸다는 듯한 타이밍이었다.

하지만 나온 것은 서른 정도 된 승마 바지에 갈색 셔츠를 입은 소탈한 청년이었다. 길고 검은 얼굴에 입 주변에는 자라는 대로 내버려둔 수염이 듬성듬성 나 있었다. 셔츠도 구깃구깃했다.

"여어." 그가 막아선 채 허리띠에 양손 엄지손가락을 넣고서 말했다. 그것은 아까 부른 소리에 응했다는 식이기도 하고, 오랜만이라며 지인을 부르는 친근함의 표현 같기도 했다.

"착각해서 여기까지 올라왔는데, 단 본부는 어느 쪽이죠?"

"아하. 착각하셨군. 어디서 오셨죠. 도쿄인가요. 아하, 우스이 씨죠. 당신이 왔다는 건 후지야마藤山 군에게 들었습니다. 화가가 왔다고, 보잘것없는 곳이지만. 뭐, 그래도 기분전환은 되겠죠."

마지막 방언은 오우奧羽, 관동 북쪽 지방 것이었다. 그리고서 청년은 그의 질문 따위는 나중이라는 듯이 이쪽저쪽 걷기 시작했다. 자기소개도 하지 않았다. 이쪽이 어라 하고 눈을 크게 뜨고 있는 동안 이 사람이 바로 의사라는 것도, 우스이 같은 인간이 여기에 왔다는 사실에 그가 이미 어떤 의견이 있다는 것도, 그리고 뭔가 얘기하고 싶은 것이 있어 지금 서서 나눈 이야기대로 그것에 뛰어들고 싶어 한다는 것을 알았다.

'보잘것없다'라는 말에 우스이도 순순히 쓴웃음으로 응했다.

"그럴 만한 것도 없죠. 있을 리가 없죠. 그야 펑톈奉天, 선양이나 하얼빈 쪽에는 있겠죠. 이곳은 말이죠, 일본인의 생활을 전통에서 떼어내 어중간한 형식 속에 집어넣은 것뿐이니까요. 이런 곳에 뭐가 있겠어요. 미래뿐입니다. 다음 세대가 되면 조금은 그림으로 그릴 만한 것이 있을지도 모르죠."

이 땅에 살고 있는 자로서의 자신감이 그에게 그런 떠밀어내는 듯한 말투를 하게 만드는 것이리라. 우스이는 나도 풍경을 그리러 온 것은 아니다. 일본인의 새로운 성격이 나타난 얼굴을 그리려고 온 것이다, 라는 말이 목구멍까지 치밀어 올랐지만 상대 말이 다 맞다는 얼굴로 묵묵히 서 있었다. 우스이는 이 의사가 이야기 상대가 필요해서 떠들고 있는 건지, 그런 기질인지 모르는 채로 듣다가 아무래도 이 의사 자신이 문제로구나, 하는 생각이 떠올라 웃음을 터뜨릴 뻔했다. 그러자 그는 갑자기 자신은 이 사람을 좋아한다고 생각했다. 내지에서 이런 일이 있었던가, 만나고 바로 상대방의 기질을 좋아하게 되는 일이. 자신 쪽이 굶주린 것은 아닌가. 이미 자신이 어느 정도 변한 것은 아닐까.

"꽤 훌륭한 병원이군요." 그가 말했다.

"훌륭한가? 음, 뭐, 그러나 여기 오른쪽에 올해는 격리병실을 만들기로 했죠." 그는 그렇게 말하다가 벗어 팽개친 단화를 맨발 발끝에 대충 꿰어 신고 밖으로 나갔다. 우스이도 따라 밖에 나가자 아무것도 없는 병원 옆의 경사면을 가리키며 말했다.

"여기가 건물 사이를 복도로 잇게 되어 있습니다."

그리고서 의사는 눈부신 듯 눈썹 위에 손을 올리고는 눈 아래 평야를 둘러보았다.

"본부는 저쪽이죠. 오늘이라고 후지야마 군에게는 분명히 알렸나요?"

"아니요, 예정보다 빨리 도착했습니다. 후지야마와는 중학교 동급생이었습니다."

"아하, 그랬지, 후지야마 군이 그렇게 말했지. 흥, 동급생, 과연." 의사는 목을 돌려 새삼 우스이의 얼굴이나 몸을 세 자 정도 거리에서 뚫어지게 쳐다보았다. 그것은 우스이의 연령이나 가치를 살펴보는 것 같기도 하고, 후지타藤田* 단장의 가치를 찾는 듯하기도 했다. 하지만 그 눈초리는 진찰할 때 의사의 그것으로, 거부할 수 없는 일종의 청결한 것이었다.

"이 마을에는 말이지, 여러 문제가 있죠. 이민자 가족이 들어오고 아직 삼 년째인데. 삼 년, 병으로 죽은 사람도 있고 비적과의 싸움에서 불구가 된 사람도 있죠. 나는 선견대와 함께 왔는데 여러 일이 있었죠. 이렇게 보기에는 한가로운 풍경이지. 하지만 지난 일보다는 살아서 일하는 사람 쪽이 문제야, 저 오른쪽에 사각형 담이 있는 집이 보이죠. 그게 본부입니다. 저기는 이 주변 만인 호족의 저택이었죠. 나도 나중에 마을을 둘러보니까 단 본부에 가겠지만. 아마 내가 당신을 안내하게 되려나. 오늘은 단장이 좀 바쁘니까. 하지만 뭐, 그렇다고 말리면 안 되겠지. 이 길을 가시구려. 오른쪽을 향해 내려가면 금방이지."

---

* 후지야마의 오기로 추정된다.

그때 우스이가 올라온 길에서 스물대여섯 정도로 보이는 보이는 둥그런 얼굴의 청년이 목에 수건을 말고 남색 직공복 비슷한 옷을 입고 고무장화를 신고 어슬렁어슬렁 올라왔다. 의사가 그를 보고 말을 걸었다.

"여어! 어때? 상태는."

"열은 내렸습니다. 자꾸 먹고 싶어 해서 큰일입니다."

"응 식욕이 있구만. 괜찮으니까 울게 내버려 둬. 저녁이 되면 아주 묽게 갈탕葛湯이라도 한 그릇 주고. 뭐, 나중에 내가 들여다 볼 테니까."

"예, 감사합니다. 저어, 약은……."

"……약? 나중에 갈 때 가져가지."

우스이는 그 대화를 들으며 배낭을 메고 살짝 의사에게 고개를 숙이고 오른쪽 길을 걸어 내려갔다. 의사는 슬쩍 눈 한 구석으로 보기만 하고 모르는 척이었다.

언덕을 내려가자 가래로 흙만 파헤친 밭이었다. 그 도랑이 벌레가 기어가듯 구불거리며 작게 구획이 지어진 것이 기이하게 보였다. 조선에서 본 밭을 만드는 방식과 같다고 생각했다. 우스이는 새삼스럽게 배낭에서 소형 사진기를 꺼내 그 밭이랑을 찍었다. 풍경은 대개 사진으로 스케치를 대신했다. 사진만으로 모르겠는 것은 메모했다.

비가 내리면 큰일이겠다 싶은 습지 사이 길을 똑바로 나아가자 만인의 작은 집이 여서일곱 채 있고, 그 너머에 지면과 같은 갈색

담을 두른 옆으로 한 정町 정도 되는 저택이 있었는데, 가운데 도리이鳥居, 신사 입구에 세우는 두 기둥 형태를 닮은 두 간 정도 되는 문이 있고 그 오른쪽에 도미타 개척단 본부라고 쓴 다섯 자 길이 간판이 걸려 있었다. 문에 들어가자 마당이었다. 세 방향은 흙벽으로 둘러싸인 단층집이었다. 지면이 갈색, 집도 갈색. 창은 군데군데 유리창이지만 새로 지은 듯 창살이 새것이었다. 반 정도는 불규칙한 만卍자 형태 창살에 장지를 발랐다. 오른쪽에 백양白楊나무를 두 그루 심었는데 그것이 단층집 처마 위로 높이 솟아 있었다. 좌우 건물 중앙에 출입구가 하나씩 있는데 정면 출입구는 컸다. 그 안쪽에서 이윽고 사람 목소리가 들렸다. 정면 출입구로 들어가자 문지방을 밟은 발이 쑥 내려가 밖과 같은 높이의 봉당이었다. 가슴 정도 높이에 판자를 쭉 이어붙인 접수대가 있고, 그 건너편의 마루방은 더 높은 위치인지 방 안쪽에서 사무를 보고 있는 네다섯 명의 남자들은 그 판자대가 허리 높이여서 들어온 사람을 내려다 보는 구조였다.

우스이는 목에 올라오는 옷깃이 달린 검은 옷에 턱수염만 산양처럼 기른, 자세히 보면 갓 스물을 넘겼을 뿐인 접수 직원에게 명함을 내밀고 단장을 만나고 싶다고 말했다.

"네에, 잠깐 기다리십시오." 말하는 모습은 내지의 마을사무소와 마찬가지였다. 우스이는 그 의사 같은 사람이 여기 흔한 유형은 아닌가 보군, 하고 슬그머니 생각했다. 남자 접수 직원이 안쪽 방에 들어가자 반대로 그 문을 열고 나온 것이 후지야마였다. 오, 우스이가 눈을 크게 뜰 정도로 후지야마는 변한 모습이었다.

둥그런 얼굴은 검붉은 살이 뺨에 붙어 더욱 둥글어졌고, 오히려 폭은 커지고 위에서 내리누른 듯한 얼굴이었다. 마치 대흑大黑* 님같군, 우스이는 그렇게 생각했다.

"자, 잘 왔네. 자자, 올라오게. 신발을 안 벗어도 괜찮아, 괜찮네."

후지야마가 봉당 왼쪽의 안쪽 통로에서 후지이를 사무실로 불렀다. 목소리는 똑같았다. 그러나 뒷모습은 쉰 살 정도로 보였다. 앞으로 구부정해지고 안짱다리가 된 모양이었다. 의사와 마찬가지로 갈색 골덴** 승마바지를 입은 탓인지도 모른다. 사무실 한 구석에서 마주 앉았다.

"착각하고 저 산 위의 진찰소로 갔지."

"의사를 만났겠군. 그 사람은 시카나이鹿內라고 하는데, 독학으로 공부한 의사야. 자네가 오는 건 알고 있었을 터인데, 깜짝 놀랐겠구만. 그 의사에게 안 놀라는 사람이 없지."

하지만 후지야마는 그 말에 우스이가 지은 웃음을 보려 하지 않고 주머니에서 담뱃대를 꺼내더니 검고 우락부락한 손가락으로 살담배를 피기 시작했다. 이렇게 거친 손이었던가 생각할 정도로 살담배를 담는 후지야마의 손가락은 울퉁불퉁했다.

"그 사람은 훌륭한 의사겠어." 우스이가 깊이 생각하지 않고 말했다.

"그렇지." 후지야마는 처음으로 우스이가 말하는 것을 들은 듯

---

* 칠복신의 하나인 대흑천을 가리킨다.

** 코듀로이, 골이 지도록 짠 옷감.

이 둥그런 얼굴에 중간이 끊어진 가는 일자 눈썹 아래로 가만히 우스이 쪽을 바라보았다.

후지야마는 우스이와 함께 중학교를 졸업하고서 홋카이도 대학의 임학林學실과산림학과에 들어갔다. 그 무렵 동기의 소문으로는 후지야마는 철학을 공부하려고 임과에 들어간 모양이었다. 후지야마는 평범한 중학생이었다. 수학은 잘 했지만 국어나 작문은 전혀 못 했다. 학급회지의 소식에 의하면 후지야마는 임과를 졸업하고 이 년 정도 임야국林野局에서 근무했다. 오육 년 전에 만철滿鐵 농사 시험장으로 옮겼다. 그러다 이번에는 이 이민단 단장이 된 것이다. 우스이가 멍하니 학우회지에서 만주에 있는 동급생을 찾다가 발견한 것이 후지야마였다.

그 일을 떠들면서 말했다.

"동급생 중에 만주에 온 사람은 달리 없는 모양이지."

"흠, 아니, 점점 오겠지."

"이민단에 관한 여러 설명을 듣거나 팸플릿을 읽기도 했지만 잘 모르겠어."

"잘 모르겠다니 자네, 아직 아무것도 시작하지 않았어. 일본정부에게 한 호戶당 천 엔씩 보조금을 받지. 그리고 오 년 거치 이십 년 연부상환年賦償還으로 이천 엔 정도 만척滿殖, 만주척식공사에서 빌리네. 그리고 전답은 한 호에 십 정보, 그밖에 목장이나 산림 공유지가 거의 그 정도. 그냥 그뿐이라네."

후지야마는 경을 읊듯 흔들림 없이 그렇게 떠들고는 또 같은 소리를 반복했다는 듯이 의자 등받이에 몸을 쭉 뻗었다.

"아니, 그건 알고 있네만." 우스이는 그런 설명은 아무리 들어도 화가에게는 도움이 되지 않는다고 말하려다가 그만두었다.

"기다려봐. 뭐 사오일 여기서 보면 되겠지. 잠깐 우리 집에 가자."

우스이의 배낭을 맨 후지야마가 앞장서서 사무 보는 사람들 테이블을 피해 걸어갔다. 후지야마 방은 들어갈 때 마당 왼쪽에 보이던 건물이었다. 본부와 같은 봉당, 거기서 좌우로 복도처럼 방이 늘어서 있었다. 안쪽 방에는 땔감용 큰 스토브가 놓여 있었다. 텅 비어 있지만 구석에는 신단神壇을 꾸며놓고, 그 아래에 이불 같은 것을 쌓고 푸른 당초무늬 보자기를 씌워놓았다.

"뭐, 짐은 여기 두게. 여기가 자네 침실이야. 아내는 지금 수업중이니까."

그곳도 똑같이 봉당 세 방향에 하나씩 방이 있었다. 접이식 밥상, 의자, 테이블, 책장, 옷장, 조립식으로 보이는 침대와 일본에서 가지고 온 듯한 가구가 있었다. 장지창을 통해 들어오는 빛이 적어 방 안은 어둑했다.

마당으로 나가자 볕이 눈에 따가울 정도였다. 후지야마는 얼굴을 찌푸리면서 말했다.

"미안하지만 지금 회의 중이라 조합 사람들이 모여 있어. 한 시간 정도 양조장이라도 보고 오겠나."

후지야마는 사무실 쪽을 보고 아까 접수하던 수염난 청년을 불렀다.

"우치미內海 군, 이 사람을 안내해서 양조장 주변을 보여주겠나."

"네에." 안에서 소리가 났다.

그때 본부 문으로 껑충 키가 큰 시카나이 의사가 들어왔다. 가죽 장화를 신고 두꺼운 대나무 지팡이를 쥐고, 헬멧을 쓰고 어깨에는 작은 가방을 걸치고 있었다.

"순회하러 가네. 우스이 군은 내가 안내하지." 그가 후지야마에게 말을 걸었다.

"그런가, 마침 잘 왔군. 나는 회의 중이니 실례하지." 그렇게 말하고 떠나는 후지야마에게 대답도 하지 않고 시카나이 의사가 우스이의 몸을 훑어보고 말했다.

"가슴에 카메라, 주머니에는 스케치북인가. 과연."

본부 사무실 옆을 지나가자 오른쪽 건물 안에서 독본 읽는 소리가 났다. 우스이는 이곳이 소학교였구나 하고 잠깐 멈췄지만 시카나이가 큰 걸음으로 뒤쪽을 향해 성큼성큼 걸어가자 그 뒤를 따라갔다.

"이게 양조장입니다." 시카나이가 지팡이로 창고 같은 흙벽 가옥을 가리켜 보였다. "보시겠습니까?"

"그렇군요." 그렇게 말하고 우스이가 건물에 다가가 아래로 퍼지는 흙벽을 걸음 수로 헤아리듯이 바라보자 시카나이가 어쩔 수 없다는 표정으로 지팡이 끝으로 짚을 헤치며 양조장으로 다가갔다. 그리고 건물을 보고 있는 우스이에 앞장서서 "여어, 손님 왔다"며 안쪽으로 걸어들어갔다. 양조장 안에서는 계속 나무 두들기는 소리가 났는데, 들어가 보니 안은 텅 비었지만 상당히 넓고 무척 어두웠다. 그곳 입구 근처에 직경 여섯 자는 될 통을 두 개 옆으로 넘어뜨리고 검은 한텐을 입은 마흔 정도의 목수로 보이는 남자가 그 안에 멍석을 깔고 앉아 바닥을 고치고 있었다. 그 남자는 머리띠를 풀고 망치를 쥐지 않은 손을 멍석에 대고는 시카나이에게 머리를 숙였다.

"여어, 모두 잘 있나." 시카나이가 이에 응하자, "네" 더 컴컴한 안쪽에서 서너 명의 목소리가 들렸다.

"누룩을 만들고 있죠." 쌓인 상자를 지팡이 머리로 두들기며 말하는 시카나이의 목소리가 창고 안쪽에서 웅웅 울렸다. 청년들은 직경이 두 자 정도인 통 속에 있는 삶은 대두를 막대 같은 것으로 휘젓고 있었다.

"이래서 통메장이를 내지에서 부르는 게 큰일인데, 이 단은 아예 단원으로 데려왔지." 시카나이가 말했다.

두 사람은 다시 밖의 눈부신 햇살 속으로 나갔다. 주위는 오로지 밭뿐이지만 오월의 초엽인데도 아직 경작되지 않은 곳이 많았다. 아까 산 위에서 봤을 때와 달리 이곳에 오자 오른쪽 밭에서 말을 따라다니는 사람이 네 명 정도 보였다. 점점 가까이 다가가자 가장 앞에는 말 세 마리가 가래 같은 것을 끌고 만인이 몰고 있었고, 그 뒤에서 셔츠에 승마 바지를 입은 중년 단원이 한 손에 바구니를 들고 콩을 떨구며 걸어갔다. 더구나 그 뒤에서는 기운이 넘쳐 보이는 청년이 얼굴을 붉히며 어깨에 힘을 넣어 더 작은 가래 형태를 커다란 일본말 한 마리에게 끌게 하며 걸어왔다. 이것은 뿌린 콩에 흙을 덮기 위해서인 모양이었다. 그 뒤로 스물두엇 남짓으로 보이는 두 명의 젊은 여자가 이랑을 밟으며 걷고 있었다. 우스이가 사람 수가 이렇게나 필요한가 생각하며 그 밭에서 대각선으로 뻗은 도로를 보고 있자 그쪽에서 시카나이를 알아봤는지 발을 멈추고 인사했다.

"여어, 아직 콩 뿌리기인가. 꽤 걸리는군."

"아마추어니까요." 중년 남자 입에서 관서 사투리가 바람을 타듯 흘러왔다. 그 다음은 알아듣지 못했다.

선두에 섰던 만인은 세 마리 말을 쉽게 조종하고 있다가 모두 함께 멈추자 애매한 표정으로 이쪽을 바라보았다. 끄트머리에서 이랑을 밟으며 걷던 여자 두 명이 큼직한 줄무늬 옷에 붉은 허리띠를 두르고 흰 수건을 쓴 채 손이 비어 멈춰 서서 우물쭈물하고 있었다. 그들은 이런 곳에 멈춰서 어쩌면 좋을지 모르겠다는 당혹함으로 이랑의 흙을 발가락 끝으로 쿡쿡 찌르고 있었다. 그래도 시카나이 쪽을 봐야만 하니 눈이 부셔하는 듯한 모습은 일본의 전원田園에서 그대로 가져온 것이었다. 그것이 만주라는 의식을 강하게 뿜어내는 끝없이 넓은 밭 한가운데에 홀연히 출현한 것은 기이한 충격이었다. 흡사 일본의 수치심이 씻겨져 나간 대륙의 한가운데에 꽃잎처럼 덧없고 아름답게 버려진 채 잊혀진 느낌이었다. 보고 있노라니 가슴이 아팠다. 깨닫지 못한다. 이민단 생활로 다망함과 살기까지 어린 진지함 속에서, 주위 사람도 당사자도 금세, 버려진 성냥개

비 불꽃처럼 밟아 꺼버리리라.

도저히 자신의 붓으로는 그릴 수 없다. 우스이는 금방 반성했다. 무엇보다 아가씨들 쪽을 주시하기가 꺼려졌다. 다시 경작 행렬이 움직이기 시작했다.

"집을 보여드리죠. 아까 양조장은 지푸라기에 진흙을 뿌리고 벽 가운데를 뚫는 방식입니다. 보기에는 안 좋지만 이쪽에서 오랫동안 시험을 거쳤고 무엇보다 싼 값에 지을 수 있죠."

밭 한가운데 유독 솟아오른 부근에 붉은 기와의 작은 집이 네 채 있었다. 역시 기와로 만든 굴뚝이 달려 있었다.

"이게 문제죠. 보기는 예쁘지만 이 굴뚝도 집안에 넣었으면 좋았을 텐데요. 밖으로 빼내면 겨울에 얼어버려서 흡입력이 나빠져요. 그리고 창 넓이도 이래서는 좀 너무 큰 모양새죠. 곤란하지만 변소는 뒤에 따로 지어야 합니다."

그렇게 말하고 집 귀퉁이에서 뒤쪽으로 우두커니 떨어진 변소를 가리켰다. 시카나이는 앞에 있는 한 채의 열린 문으로 그냥 쑥 들어갔다. 바로 눈앞에 희게 칠한 페치카러시아식 벽난로 벽이 있고, 그 모서리 부근에 욕실에서 쓰는 것 같은 아궁이가 있었다. 시카나이는 아궁이의 철문에 몸을 숙여 열어 보였다. 흡사 매일 사용하는 자기 집 아궁이인 양 익숙한 동작으로 목을 구부려 안쪽을 엿보았다.

그때 그 흰 벽과 직각인 불투명 유리를 끼운 장지문이 슥 열리고 가슴팍을 풀어헤친 스물 네다섯으로 보이는 여자가 얼굴을 내밀었다. 흰 에이프런을 매고 있었다. 시카나이를 보자 묵묵히 그곳에 있는 나막신을 신고 봉당으로 내려와 말했다.

“선생님, 그 산양은 어땠나요?” 가족에게 묻는 듯한 어조였다.

“응, 이이다飯田 군도 물어보던데 아직 젖은 좀 그렇지. 먹이 때문인지도 모르지만.” 그는 그렇게 말하며 봉당 안쪽으로 걸어가 “자고 있나”라며 장지문 그늘을 엿보았다.

“네, 잠을 잘 못 자서요.” 흰 피부가 처진, 잠이 부족한 듯한 얼굴을 한 부인은 거추장스러운 듯 머리카락을 쓸어 올리고 봉당 창문 아래에 있는 개수대로 갔다.

하지만 시카나이는 우스이가 아이가 깨지 않을까 조마조마할 정도의 목소리로 “자, 보게나, 들어오게, 여기가 온돌방이죠”라며 봉당의 막다른 방 장지문을 열었다.

“실례하겠습니다.” 우스이가 개수대에 있는 부인의 등에 말을 걸었다.

“네.” 부인은 입 안에서 웅얼거리는 듯한 말투로 쌓여 있는 흰 밥그릇을 씻는 손을 멈추지 않았다. 시카나이 씨도 좋은 사람이지만, 멋대로 집안에 남을 끌고 들어오는 것은 민폐라고 말하는 듯한 느낌이었다. 온돌방은 갈색 유지를 바른 평평한 토기 표면을 걷는 느낌이었다. 그곳은 육 첩 정도 넓이로 한쪽이 서양식 이중창이고 반대쪽은 희끄무레한 당지를 바른 벽장인 모양이었는데, 그 옆의 아무것도 안 바른 벽에는 못에 여성용 기모노나 남성용 작업복 등이 걸려 있고 구석에 대나무 궤짝이 하나 있었다.

“오, 잘 자고 있군.” 시카나이가 그렇게 말하고 부인이 나온 방을 슬쩍 열고 들여다보았다. 붉은 모슬린 이불에 코와 입만 내밀고 얇고 부드러워 보이는 머리털을 베개에 묻은 아기가 곤히 잠들어 있었다. 다다미방이었다. 여기도 접이식 밥상이 놓여 있기도 하고 잡다하게 책 상자나 트렁크가 쌓여 있어 번잡스러웠다.

"이 안쪽에 사첩 반짜리 손님방座敷이 하나 있죠." 시카나이의 목소리를 들으며 문득 우스이는 그 방 한쪽 구석 세 자 크기 도코노마床の間*에 세워진 군도軍刀 형태의 커다란 일본도를 발견했다. 군인이로구나 생각했다가 아니 이 마을 선견대는 무장하고 들어왔겠구나 고쳐 생각했다. 그것을 보자, 갑자기 우스이는 이 사람들의 사적 공간을 엿보는 자신의 모습이 창피하다는 감정이 자신에게서 뚝 떨어져 나가는 것만 같았다. 사물이 자신 앞에서 똑바로 제 모습으로 돌아가는 것만 같았다. 봐도 된다, 봐도 되는 거다, 이건 일본인의 생활이다. 저 부인의 감정에 구애받을 필요가 없는 공적인 문제라고 생각했다. 등 뒤에서 너는 화가로서 똑똑히 보라는 명령이 들리는 듯했다. 그러나 금방 얼굴을 쑥 빼 봉당에 가만히 서 있었다. 지금 그는 보는 행위보다 봐도 된다는 갑자기 샘솟은 감정에 따라 움직이고 있었다. 이건 뭘까, 그 기분이 사라지지 않는 동안 움켜쥐어 확인하려 했다.

이 뜻밖의 칼날 같은 감동을 "이민단은 목숨을 걸고 있다"든가 "이주지에 이민 2세를 보는 감동"이라는 말로 나중에 막연하게 말

---

* 방 상좌에 바닥을 높여 만든 장식용 공간.

해야만 하는 게 싫었다. 하지만 일순 뒤에는 그 날카로운 느낌은 흔적만 남기고 스쳐지나갔다. 그러나 이젠 됐다고 생각하고 부인과 떠들고 있는 시카나이를 남기고 옥외로 나갔다. 잠깐 동안에 감동의 클라이맥스를 너무 많이 지나온 듯한 기분이었다.

부드러운 바람이 불었다. 바람이 기복이 있는 평야의 부푼 부분을 넘어 밭의 표면을 쓰다듬으며 십 리나 이십 리 저편에서 천을 잡아당기듯이 흘렀다. 그 흐름을 몸으로 느끼고 있노라니 평야에 떠올라 지면의 오 촌寸 앞을 일순에 이 리, 삼 리씩 종이처럼 뛰어넘은 듯한 충동이 샘솟았다. 자신이 다섯 자 높이로 이 평야에 서 있는 것이 이 평면에는 거대한 출현으로, 인간의 키에 특별한 의미가 있는 것만 같은 것이었다. 오 척 높이에서 몇 리나 되는 평야를 내려다보는 느낌이었다. 이랑이 그의 발밑에서 일정한 방향으로 군데군데 색색의 경계를 바꾸며 평야 표면에 몇 킬로미터 길이의 문양을 그리고 있었다. 평야에 나타나는 무늬의 선이라고 생각했다.

“나는 간호사도 약제사도 안 씁니다. 이주지를 설명하기 위해서는 비교, 옆의 이민단이나 내지 등과 비교해야만 알 수 있죠. 비교한다는 건 욕을 한다는 거죠. 그러니 힘들지만 욕을 피할 필요가 없다고 생각해서죠.”

시카나이가 뒤쪽에서 나와 말했다. 무슨 소리를 하려는지 그 다음을 기다렸지만 시카나이는 거기서 입을 다물고 옆집으로 걷기 시작했다.

“오늘은 이 부락, 내일은 저쪽 부락이라는 식으로 걷죠. 부락에서 부락까지 몇 리라든가, 몇 채 있다든가 하는 건 생각하지 않아요. 나는 말도 탈 수 있지만 걷는 편을 좋아해요. 걷는 건 대개 몇 시간 걷는다고 정해두죠. 그러면 그 시간에는 도착해요. 그런 식이죠."

시카나이의 화제가 다시 변했다. 다음 집은 잠겨 있었다. 시카나이가 멈춰서 밭쪽을 보고 있었는데 천 미터 저편 지면의 솟은 곳에 올라탄 듯이 홀연히 나타난 두 사람을 발견했다. 그러자 그는 그대로 다음 집으로 갔다. 그 집 바깥에는 예순 정도로 보이는 노파가 돗자리에 흰 콩을 늘어놓고 골라내고 있었다.

"여어, 할머니. 정정하시군." 의사는 멋대로 말을 걸고 상대가 아무 말도 하지 않는 동안 환절기 주의사항을 대강 늘어놓는 것이었다. 창문은 되도록 열어두는 게 좋다든가, 앞으로 애들은 배탈 나기 쉽다는 것 등을 잡담하듯 반복하더니 "네, 네" 하며 돗자리 위에서 무릎에 가만히 손을 모으고 이야기를 듣고 있는 노파의 곁에서 획 떠났다.

"이번 집에는 부종으로 일 못 하는 부인이 있는데 교양도 있고 말도 좀 하니 질문을 해보면 어떻습니까?"

우스이에게 이주지 시찰 방법을 가르친다는 식이었다. 시카나이는 마찬가지로 "여어!" 말을 걸고 그 집에 들어갔다.

"어떤가, 아니 임신 중 붓기니 걱정할 것 없어. 앉아만 있지 말고 되도록 발을 쭉 피고, 그래 그렇지." 우스이가 들어갔을 때는 시카나이가 봉당에서 방으로 들어가는 입구에 걸터앉아 털실을 몇 뭉치씩 늘어놓은 부인 앞에 지팡이를 짚은 채 서 있었다.

"오늘은 보기 드문 사람을 데려왔어. 시찰 온 사람인데, 당신이 이쪽에 오게 된 동기 같은 걸 얘기해주게." 그로부터 시카나이는 우스이에게 "자, 자" 하고 드물게 예의를 갖춰 말했다.

"이쪽에 오셨을 때의 일이나 인상 같은 걸 얘기해주시겠습니까." 우스이는 떠밀리듯이 모자를 벗어 양손으로 상의 앞에 들고 머리를 숙였다. 이런 질문을 한 번도 안 했다고 생각하며. 그 부인은 "네" 하고 대답하며 웃었는데, 안경을 쓴 얼굴로 스물예닐곱으로 으로 보이는 회사에서 사무원이라도 해봤다는 느낌이었다.

"전 갑자기 뛰어들었어요. 하지만 와서 다행이라고 생각했죠. 처음엔 음식이라고는 야채절임이나 된장국밖에 없었지만 이럴 거라고 생각했으니 힘들다고 생각도 안 했죠. 매일 네 시에 일어나 채벌하러 갈 준비를 했어요. 되려 요즘은 집을 새로 꾸미거나 시간에 여유가 생기니까 멋대로 굴게 되는 것 같아요."

그리고 그녀는 겨울 동안 남편이 탈곡과 연료 운반으로 쉬는 날이라고는 없었고 자신은 농경 경험이 없어 밭에 가도 방해만 될 정도였다는 것 등을 연이어 말했다.

그 이야기는 모두 재밌었다. 하지만 우스이는 그런 이야기 이전에 또 다른 무엇인가가 있는 것 같다고 생각했다. 그녀는 그것을 말하지 않았다. 떠들면 떠들수록 그것은 감춰지는 것이다. 그러나 그 정도 이야기를 해준 것도 틀림없는 호의였다.

시카나이와 우스이는 본부의 후지야마에게 돌아갔다. 곧 저녁이었다. 본부 마당에는 여덟 살에서 열두셋으로 보이는 아이들이 열두 명쯤 놀고 있었다. 복장은 사복이나 양복 등 다양했다. 어쩐지 옷이 지저분해 보였다.

"기숙학교라 일이 학년 애들은 불쌍하죠. 가까운 곳에 사는 애들은 학교에서 자고 싶어 하지 않아서 통학하지만." 시카나이가 뺨이 붉은 동그란 얼굴의 여자아이를 눈으로 쫓으며 말했다.

"아, 부인. 손님이 오셨습니다." 시카나이가 오른쪽 건물에서 나온 더 가무잡잡한 여학생 같은 양장 차림 여자에게 말을 걸었다. 그 여자는 깜짝 놀란 듯이 우스이 쪽을 보더니, 스커트에 달라붙는 어린아이들을 떼어놓고 그들에게 다가왔다.

"어머, 우스이 씨군요. 학교 수업이 있어서 실례했어요."

그때 정면 본부에서 후지야마가 걸어와 옆에서 말을 거들었다.

"소노코園子, 우스이 군이야. 자 서둘러 저녁식사를 준비해줘. 학교 쪽은 다지리田尻 씨 부인에게 거들어달라고 하고. 집안일을 서두르게."

후지야마는 둥근 얼굴로 빙그레 웃으며 즐거운 일이 시작된다는 모습이었다. 그는 마당을 이쪽저쪽 왔다 갔다 했다.

"후지이 군, 자네는 소노코를 알 텐데." 후지야마가 그렇게 말해서 소노코를 쳐다보자 그녀는 "네, 저 알아요" 하며 웃었다. 가는 턱과 반짝반짝 빛나는 눈이 낯익은 느낌이었다.

"글쎄요." 그가 당혹해하자 그녀가 말했다.

"기차 통학을 같이 한 적이 있죠."

아아, 그런 소녀가 있었다고 소노코의 좀 너무 삭은 듯이 보이는 얼굴에서 역시 턱이 뾰족하고 눈이 아름다운 소녀를 다시 그렸다.

"아아, 어렸죠." 무심코 말하고 우스이는 스스로도 웃었다.

그가 고등학교에 기차로 통학하던 무렵, 소노코는 여학교 일 학년인가 이 학년이었다. 근처 마을에서 그 읍내로 기차 통학하는 중고등학교 학생이 대여섯 명 있었다. 우스이는 그 무렵 여학교 사 학년인 유코幽子라는 소녀와 사랑에 빠져 있었다. 꿈같은, 꽃이 활짝 피어나는 듯한 연애였다. 유코의 여동생 도시코利子는 일이 학년으로 역시 기차로 통학하고 있었다. 그는 도시코에게 편지를 부탁하거나 전언을 부탁하기도 했는데, 도시코 친구 중에 까악까악 떠들며 기차 안에서 소란을 피우는 소녀가 네다섯 명 있었다. 소노코는 그중 한 명이었던 것이다. 그가 알던 무렵에는 아직 아이였다. 우스이가 고등학교를 마치고 대학에 들어갈 무렵 유코와 그의 연애는 깨졌다. 두 사람의 성격 때문이라고도 할 수 있고 아직 어린 연애였기 때문이었다고도 할 수 있었다. 그는 대학을 도중에 그만두고 그림에 전념하게 되었다.

소노코를 떠올리는 동안 그는 깜짝 놀라 요즈음 도쿄에서의 자신을 반성했다. 그것은 만주에 오고부터 실이 툭 끊긴 듯이 까마득한 과거 일로밖에 느껴지지 않았다. 그것이 지금 소노코를 만남으로써 단숨에 되살아났다. 그 연상의 계기가 된 유코가 일 년 정도 전에 그의 앞에 다시 나타난 것이다. 전람회에서 우스이의 그림을 보고 있던 그녀를 발견한 것이 그 계기였다. 고향에서 막 결혼했다는 소리를 듣고 이젠 만날 일도 없다고 생각했던 유코를 만난 것은 큰 충동이었다. 칠 년 정도 안 만난 동안 유코는 그의 내면에 뿌려진 씨앗처럼 뿌리를 내리고 성장했다. 헤어지면 금방 잊어버릴 거라고 생각했던 것은 착각이었다. 그가 여성에 관해 생각하는 것은 전부 유코가 원형이었다. 모델을 써도 마음에 드는 것은 모두 유코와 똑같은 얼굴이었다. 그것을 깨닫게 되었을 때 갑자기 유코를 만난 것이 두려운 신의 손길에 이끌린 것만 같은 느낌이었다. 인생에 그냥 일어나는 일은 없음을 실감케 하는 크나큰 놀라움이었다.

유코는 이혼하고 지금 홀로 일하고 있다고 했다. 이혼했다고 들었을 때, 자신과 유코의 인연을 막아선 어두운 손에 닿은 기분이었다. 그것은 비록 자유로운 입장에 있는 유코를 만났다는 기쁨을 지우지는 않았지만, 유코의 성격에 무언가 생활의 지속을 견디지 못하는 약점이 있는 것은 아닌가 하는 생각이 들었다. 그와의 옛 연애도 둘 다 아직 어렸다는 것과 우스이가 대학에 진학해야만 했다는 것 외에 본질적인 파탄의 원인은 없었던 것이다. 그녀는 이번 이혼의 내막은 아무것도 말하지 않았다. 그런 버릇이기도 했다. 우스이는 그렇게 아무 말도 안 하는 그녀에게서 아무것도 캐내려 하지 않고 가끔 만났다. 하지만 유코는 이미 변해 있었다. 오랫동안 자라난 그의 내부 이미지와 번번하게 엇갈렸다. 그가 자기 내면의 유코를 너무나 이상화한 것일까. 생활에 지쳤기 때문일까. 꿈을 잃고 그저 눈앞에 있는 것으로만 산다는 느낌이 들었다. 그녀는 과묵하고 언사가 솔직하며, 어딘가 불가사의한 공상적인 표정을 생생하게 짓는 게 가장 큰 매력이었건만, 그런 표정은 이제 다른 사람처럼 사라져 있었다.

우스이가 만주여행을 추천받고 기획한 것도 다시 나타난 유코에게 느끼는 환멸을 어떻게든 묻어버리고 싶었기 때문이었다. 그 동기도 잊어버리고 새로운 여행에서 차례차례 눈앞에 나타나는 것에 마음을 빼앗기며 여행을 계속하고 있었는데, 이제 와서 갑자기 유코가 다시 그의 앞을 막아선 느낌이었다.

소노코는 서둘러 저녁식사 준비를 시작했다. 만인 하인이 한 명 있어 소노코의 지시에 따라 물을 퍼오거나 야채를 가져왔다.

해는 낮아졌지만 지지는 않아 하늘이 희끄무레해지고도 아직 환했다. 후지야마와 시카나이, 우스이 세 명은 마당 그루터기에 앉았다.

"오늘밤은 동쪽 부락에서 모임이 있는 모양이군." 시카나이가 말했다.

"아아, 그래."

"또 토지문제 얘기가 나오겠군."

후지야마는 대답하지 않았다.

"이 마을에서 화폐경제를 없애겠다는 자네의 이상은 어렵지 않을까. 아무래도 단원 사이에서 반대가 많아. 자네가 이곳 단장으로 쭉 있을 것도 아니라면 이윽고 단원에서 촌장이 나올 때가 되었을 때 갑자기 주위의 화폐경제사회에 패배하게 된다면 오히려 단의 존재를 위험하게 만들지 않을까. 농민은 자기 땅이라는 개념을 포기할 수 없는 존재니까."

그러자 이제껏 입을 다물고 있던 후지야마가 툭 말했다.

"이 단에 순수한 농민출신자는 일 할밖에 없어."

"나는 부외자야. 그러니 단원이나 관리와 그런 근본적인 이야기는 안 하지만, 자네에게는 개인적으로 얘기해두고 싶어서 말이네. 나는 토지 분배를 해야 한다고 보네만."

시카나이는 신중한 성격이 드러난 듯 인품이 달라 보였다. 후지야마는 조금 떨떠름한 표정으로 입을 굳게 다물었다. 그 때문에 옆으로 평평한 얼굴이 더욱 평평해져 게의 등딱지처럼 눈, 코, 입도 주름처럼 우묵하게 패어 보였다. 시카나이가 지금까지 우스이에게 보인 저돌적이고 유머러스해 보이던 일면은 가장이었다는 듯 벗어던지고 신중하고 진지한 인간이 되었다. 그리고 갑자기 조용해진 세 명 자리에서 "아, 스이타吹田네 애한테 약을 갖다주는 걸 잊었군" 혼잣말처럼 말하고는 가방을 왼쪽 어깨에 걸친 채 뒤도 안 돌아보고 똑바로 걸어가더니 문밖에서 오른쪽으로 꺾어 사라졌다.

"저녁밥 먹으러 들르지 않겠나." 후지야마가 말을 걸었지만 안 들렸는지 대답이 없었다.

후지야마는 잠시 침묵하고 있었다. 이윽고 그는 그 억눌린 듯한 표정인 채 혼잣말처럼 말했다.

"문제가 끊임없이 다양하게 있지. 그리고 의견이라는 게 또 살아 있는 것이라 인간 수를 두 배로도 세 배로도 만들어. 자유로운 입장일 때는 무슨 소리든 할 수 있었지만 이제 나는 벙어리나 마찬가지야."

얼굴 주름이 한층 잘게 옆으로 잡혀 웃는 표정이 되었다. 하지만 그 웃음도 사람을 꺼리는 눈초리처럼 잠깐 나타났다가 다시 주름 속으로 사라졌다. 그런 웃음이 이 남자의 표정에 나타나는 것은 매우 드물었는데, 옛날 동급생에게 슬쩍 보여준 것인지도 모른다. 그런 수줍은 웃음이었다.

"좋은 일을 한다는 신념을 갖지 않으면 우리는 아무것도 할 수 없지. 자기 이득을 꾀하지 않고 진실한 마음을 갖는다, 그렇게 극히 추상적인 애매한 말이 자기 마음을 모두 맡길 수 있는 유일한 의지처가 되는 거야. 나 같은 입장에서는 결정한 아주 작은 일을, 몇 번이건 몇 년이건 반복해서 말하는 것이 가장 좋지. 나는 이 개척단에서 토지 분배도 안 할 생각이야. 이건 공유나 공산共産이라는 사상이 아니라네. 어느 곳이나 선견대가 들어오고 일이 년 동안에는 토지를 분배하지 않아. 모두 함께 경작하고 모두 함께 수확하지. 이 선견대 시대가 가장 아름답고, 가장 협동의 이상을 체감하는 시기인 거야. 나는 그저 그 마음을 본대本隊나 이민자들의 가족을 부른 뒤에도 여전히 가졌으면 하네. 수확물은 모두 조합에 납품하고, 조합에서 판매하는 거지. 필요한 물건은 조합의 자기 계좌 앞으로 전표를 떼어 조합에서 구입하면 돼. 그렇게 하면 현금은 필요 없어지겠지."

"하지만 그건" 우스이가 말을 이으려 했다. 하지만 후지야마는 우스이에게 상관하지 않고 경을 읊듯이, 자기 사고의 아름다움에 취한 듯이 가는 눈을 감고 낭송이라도 하는 듯 억양을 넣어 떠드는 것이었다.

"아니 세세한 일은 여러 모로 생각해뒀네. 예를 들어 서로의 노력에 책임을 지도록 수확은 부락마다 각자 평균적으로 분배한다. 노인, 아이의 노동력에 관해서도 상담해서 비율을 결정한다. 부락의 경작지는 거의 정했는데, 어느 부락에나 좋은 토지와 나쁜 토지를 균등하게 분할했지. 또 본부 근무원 보수는 그 사람이 속한 부락의 평균 수확고야. 본부에는 되도록 단원을 쓰지 않도록 하고 있네. 취사도 바쁠 때는 부락 전체에서 하고 있어. 축제나 제삿날 등은 각 호에서 좋아하는 요리를 만들지. 그런 협동경영 방침은 젊은이는 이해하지만 늙은이는 하나하나 알려줘야만 하네. 그래서 대체 무엇을 위해 이런 일을 하느냐 하면 지금으로서는 아직 차입금 상환기에도 도달하지 않아서 이민단에는 경제적인 고난도 없어. 그야 조합에서 공급하는 것 외에 뭔가 갖고 싶을 때는 현금이 부족하다든가 일용품이 부족하기도 하지만 내지 농촌처럼 생활의 근거를 위협당하는 일은 일어나지 않았네. 그 동안에 말이지, 나는 자신만이 아니라 모두의 것임을, 앞으로도 그 어떤 경우라도 마을은 모두의 마을이고 밭은 모두의 밭이며 이웃의 행불행은 자신의 행불행이라는 개념을 심으려 하고 있네. 이런 협동경영 형식은 그 정신을 기르기 위한 수단에 불과한 거지. 그러나 나는 결코 아무에게도 수단이라고 말하지 않았네. 이쪽이 모두의 의도임을 믿게 만들려 하고 있어. 우리들 지도자는 이윽고 이 단을 떠날 테니 그때까지 각 부락의 대표자, 즉 장래의 지도자가 이런 마음을 갖도록 교육하는 거지. 선견대의 생활양식과 정신을 오래 남기자는 방식이지. 어느 단이나 그런 경영 형태를 이삼 년 유지하지만 금방 개인 경제로 이행하지. 그러면 한 호는 경작에 필요한 말 서너 마리를 못 가져. 일 호당 각각 경작 기계를 가지는 것은 경제적이지 않다는 따위의 곤란에 금방 부닥치는 거지. 우리는 현재의 지도자가 그만둔 뒤에 점점 경제 형태가 바뀌고, 무엇보다 주위의 사회 형태에도 대응하도록 훈련할 필요도 있겠지. 그러면 변하게 될 것이 틀림없네. 그러나 내가 쏟아 부은 정신은 남기고 가겠어, 그것이 나쁘게 작용하리라고는 생각할 수 없으니 말이야."

후지야마는 다 떠들고는 조개가 다물리듯 입을 닫았다. 평평한 돌처럼 무표정한 얼굴로 돌아갔다. 우스이는 새삼스럽게 아까 시카나이가 한 말이 후지야마가 떠든 이야기의 음영陰影이 되어 떠올랐다. 후지야마의 말은 우스이의 마음에 신나고 아름답게 울렸다. 그런 아름다운 사상으로, 현실에서 이 개척단 사람들을 지도하려 하고 있는가. 실천은 이제 오직 후지야마의 의지와 단원에게 얻는 신뢰에 걸려 있는 것이리라. 우스이는 지도자를 신뢰하지 못하는 집단이 할 수 있는 일이 없음을 금방 이해했다. 이는 큰 사업이야, 큰 사업이다 생각하자 그럭저럭 마음이 따뜻해졌다. 이런 경영법을 만주이민이 해낼 수 있을까. 저 말이 없는, 신중한 자신의 동급생이자 아직 서른 몇 살밖에 안 된 후지야마가 여기에 그런 이상향을 만들려 하고 있는 것인가. 그런 일이 있을 수 있을까.

후지야마는 같은 표정으로 깜빡했다는 듯이 덧붙였다.

"이 단의 양조장에서는 원칙적으로 술은 만들지 않아. 술은 끊게 할 셈이지. 그러나 시가지가 가깝고 아무래도 마시고 싶어 하는 사람이 있으니 채소류는 개인이 경작해 팔아서 현금을 만들 수 있게 하고 있네. 이 개척단은 수전을 만들 토지가 부족해. 술을 만들 여유가 없지. 먹을 쌀도 부족해. 그래서 마을 전체 점심은 빵이네. 지금 농사지도원이 하얼빈에 제빵 강습을 받으러 갔는데 본부 가까이에 아궁이를 만들어 낮에는 트럭으로 마을에 빵을 배급할 때가 가까워졌네."

그때 우스이는 이 후지야마의 얼굴은 재밌군, 그림이 나오겠어, 하고 생각했다. 이런 밋밋한 얼굴인데 이 남자의 뜻은 화려하다고 할 만큼 논리적이지 않은가.

"자네 얼굴을 그릴까." 우스이가 말했다.

"내 얼굴 말인가, 음." 후지야마는 눈꼬리와 입가 주름 사이에 아까 슬쩍 엿보인 수줍은 표정을 다시 띄웠다. 까까머리로 그런 표정을 짓자 그곳에 중학생 모습의 그가 나타났다. 아아, 이 얼굴은 알고 있다. 같은 얼굴이다, 저런 중학생 같은 머리를 하고 이 남자는 묘하게도 이런 사상과 의지를 얼굴 안쪽에서 길러냈다고 생각하자 열 살 이상 늙어 보이는 모습과 그 원형인 소년이 교차로 사라졌다가 나타났다.

주변은 점차 어두워졌다. 단 본부에는 아직 사람이 남아있는지 말소리가 들렸다. 마당에서 지저귀는 새처럼 소란스럽던 아이들은 마흔 정도로 보이는 여자가 "자 여러분 식사합시다"라고 말하자 순식간에 대문 앞에 키 순서대로 모이더니 제자리걸음을 하며 건물 안으로 들어갔다. 앞이 막혀 못 들어가는지, 일 학년인 모양으로 아직 어머니 젖도 못 뗀 듯이 보이는 여자아이가 손등이 감춰질 만큼 긴 소매의 붉은 재킷을 입고 감색 스커트를 무릎으로 차올리면서 대문에서 계속 제자리걸음을 하고 있는 것이 뭔가 가여웠다. 맨 뒤에는 누런 목이 긴 육학년 정도로 보이는 남자아이가 길고 휘청거리는 몸으로 무늬가 희끗희끗한 소매를 크게 앞뒤로 휘두르고 있었다. 그때 집에서 나온 소노코가 말했다.

"가여워라. 저런 어린애가 화장실 가려고 밤중에 일어나 겨울에 영하 사십 도일 때 밖에 나간답니다. 옷도 스스로 베개맡에 개어놓고 아침에는 큰 애가 거들어 입혀주지요. 담당 선생님도 참 큰일이에요."

소노코는 우스이 일행 곁에서 아이들이 들어가는 것을 보고 있었는데, "자, 집도 밥이 다 됐는데 시카나이 선생님은 안 오시는 걸까요. 어차피 돌아갈 때 여기를 지나가실 텐데" 하며 문 쪽을 바라보았다. 사위가 급속도로 어두워지고 문밖의 밭에는 석양이 막을 드리우듯이 펼쳐지고 있었다. 본부도, 학교도, 후지야마의 건물도 등을 밝혔다.

우스이와 소노코가 문 쪽을 바라보고 있는데 상관하지 않고 후지야마는 벌떡 일어서더니, 승마 바지를 입은 다리가 안짱다리 걸음으로 휘적휘적 자기 집으로 걸어 들어갔다.

개척자

도요다 사부로
豊田三郎

도요다 사부로 豊田三郎, 1907~1959

1907년 사이타마(埼玉)현에서 태어나 도쿄제국대학 독문과를 졸업했다. 아동잡지 『붉은 새(赤い鳥)』 편집부에서 일했다. 1941년 미얀마 전선에 종군하고 그 경험을 토대로 『행군(行軍)』을 발표했다. 1959년 사망했다. 작가 모리무라 가쓰라(森村桂)의 부친이다.

개척자

앞으로 며칠만 있으면 1908년의 신춘新春을 맞이하는 어느 오후였다.

난징南京행 일등칸에는 열 명도 채 안 되는 승객이 타고 있었다. 반들반들한 뺨, 품이 넉넉한 비단 옷, 어딜 봐도 부자로 보이는 뚱뚱한 지나인. 그는 졸린 듯이 반쯤 눈을 감고 있었다. 그 옆에는 영국인으로 보이는 부부가 마주 앉아 때때로 저물어가는 창밖 경치를 바라보며 말을 나누고 있었다. 부인이 금발을 약간 흔들며 유창하게 떠들자 남편은 미소 지으며 끄덕였다.

보기 드물게도 객실 중간쯤에 세 명의 일본인이 앉아 있었다. 익숙하지 않은 언어와 신경질적으로 뾰족한 용모를 보면 금세 일본인임을 알 수 있었다. 그들은 외교관으로도, 유람하는 정치가로도 보이지 않았다. 그러나 세 명의 표정에나 거동에나 무엇인가 중요한 사명이 있는 듯한 긴장과 어떤 상쾌한 느낌이 어려 있었다.

한 사람은 쉰 살로 뛰어난 교양이 있는 듯 날카로운 눈에 자비로운 빛이 반짝이며 강인하고 기품 있는 다정해 보이는 얼굴의 코 아래쪽에는 약간 긴 보기 좋은 콧수염을 기르고 있었다. 두발에나 수염에나 꽤 은색이 섞여 있었다. 역시 훌륭한 수염을 기른 다른 두 명은 어느 정도 젊은데 수행원이라는 느낌이었다.

그 수행원 중 한 명이 말했다.

"상하이上海의 조계租界*는 도쿄도 못 미칠 듯이 느껴지더군요. 거대하고 미려美麗한 데다 인파가 많아 놀랐습니다. 마치 서양 같았습니다. 선생님, 파리나 베를린도 저런가요?"

"아직 서양에는 미치지 못하네." 선생 소리를 들은 신사가 답했다.

또 한 명의 대원이 옆에서 말을 꺼냈다.

"하지만 지나 거리가 더러운 건 두 손 들었습니다. 시내 골목은 좁고 더러운데 가게 앞에서 오줌을 싸는데 그 옆에서는 밥을 먹고 있으니까요. 거리의 냄새나 고기 굽는 냄새가 근처에 가득 차서 견디기 힘들었습니다."

"하지만" 하고 아까 수행원이 같은 객실의 지나인을 살짝 손가락질하고 말했다. "영양은 우리 일본인보다 지나인 쪽이 풍부한 것 같습니다. 선생님, 어떤가요? 저기 있는 부자가 기름지고 매끄러운 피부인 것이 기이하지 않습니까, 제대로 먹지도 못할 것 같은 쿨리

* 19세기 후반 개항장에 외국인이 자유롭게 통상 거주할 수 있도록 만들어진 치외법권 지역.

苦力*가 의외로 건강해 보이고 혈색이 좋은 데 놀랐습니다."

"응, 그렇지. 지나 음식은 지방과 단백질이 풍부하니까…… 이상한 일이지. 빈상한 일본 의사가 통통하게 살찐 지나의 대인을 진찰하러 가다니. 총독도 풍채가 좋은 남자겠지."

그렇게 말하고 선생이라 불린 인물은 맛있게 궐련의 연기를 뿜어냈다. 재가 툭 떨어져 프록코트의 가슴을 더럽혔다. 이미 그의 무릎은 재투성이였지만 신경 쓰지 않았다. 그는 재가 붙은 채로 안 빨면 담배의 진짜 맛은 모른다고 믿는지 일일이 재를 털지 않았다.

수행원 중 하나가 그의 넥타이나 가슴, 무릎에서 그 재를 털어주기 시작했다.

"선생님, 지나의 국빈께서 이렇게 재투성이면 보기 흉합니다."

"괜찮아. 이제 와서 예의를 연습해도 소용없네. ……상하이에서 완전히 실패했지 않은가."

"그건 진짜 당황스러웠습니다."

거기서 그들은 어떤 지나의 고관에게 초대를 받았다. 그 남자는 심한 폐병 환자였다. 식탁에 앉아 그 주인이 드시라고 권했을 때, 세 사람은 지나 요리를 먹는 법을 모르는데 실례하면 안 된다는 생각에 주저하고 있었다. 그러자 주인은 가래 때문에 헉헉거리던 입안에 젓가락을 집어넣어 기미를 한 뒤, 같은 젓가락으로 탁자 앞의 요리를 손님 그릇에 담아 나눠주었다. 권했을 때 바로 젓가락으로

* 중국인 저임금 노동자

집으면 됐을 걸, 세 사람은 애써 불결함에 눈을 감고 맛있는 요리를 삼켜야만 했다.

"선생님, 총독의 병은 역시 신경쇠약일까요?"

잠시 후 수행원 중 한 명이 걱정스럽게 물었다.

장쑤江蘇, 저장浙江의 총독 겸 남양南洋대신인 돤팡端方은 임지인 난징에서 기묘한 병에 걸려 쇠약해졌다. 지나의 온갖 의사에게 진찰을 받았지만 확실한 병명도 치료법도 알 수 없었다. 신경이 쇠약해졌다고 해야 할까, 늘 머리가 멍하고 때때로 발작을 일으켜 불쾌하기 짝이 없었다. 미의미식美衣美食도, 총독의 절대적인 권세도, 영내의 소주蘇州 미인도, 병 앞에서는 오히려 번잡스럽고 짜증스러운 존재였다. 그는 어떻게든 그의 정신을 텅 비게 만드는 악마를 정복하고 싶었다. 깨끗한, 상쾌한 기분으로 좋은 소흥주紹興酒*를 마시고 싶었다. 그는 여러 모로 고민하다가 처음에는 주술을 걸거나 신불神佛에 기원하기도 했다. 아편에 유혹당하기도 했다. 어느 날 그는 일본에 유학했던 관리에게 그곳에 명의가 있다는 소리를 들었다. 독일인 주치의조차 자기 병이 무엇인지 알지 못하는데, 라며 그는 자신의 신비한 병을 자랑하듯이 말하고 상대도 하지 않았다. 그러나 그의 마음은 점점 변했다. 지금은 지푸라기라도 잡고 싶은 경우였다. 얼마 안 되어 그는 전임 양兩강 총독이 장자를 위해 일본의 대학교수를 부른 이야기를 들었다. 그 이리사와入澤라는 박사가 왔을 때 아

* 저장성에서 생산되는 유명한 술.

들은 이미 죽었다. 그러나 총독은 오랫동안 앓던 부인을 설득해 진찰을 받게 했다. 왜냐하면 남편 외의 이성에게 살을 보이면 안 되는 그녀는 이제까지 지나인 의사에게조차 진료를 받은 적이 없었기 때문이다. 부인은 사람을 물리고 옷 위로 일본 의사에게 진찰을 받았다. 바로 만성 신장염이 발견되어 얼마 후 그녀는 건강해졌다. 난징에 있는 일본인 의사의 평판도 화제가 되었다.

돤팡 총독은 일본의 명의를 맞아들이기 위해 지나 정부 이름으로 일본 외무성에 알선을 부탁했다. 그는 사례비로 만 엔을 제의했다. 얼마 후 일본정부는 도쿄의과대 학장 아오야마青山 박사*가 갈 것이라고 알렸다.

"어떤 의사건 모를 때는 모르지. 언젠가 시골에 왕진하러 갔는데 복잡한 신경계통 증상이라 나도 진단을 내릴 수 없었다네. 안저검사를 하려고 주치의에게 검안경을 가져오게 했지만 환자를 일으킬 수는 없었지. 내가 환자 위에 올라타서까지 조사했지만 렌즈가 불완전해서 분명히 보이지 않았어. 나는 검안경을 휙 던져버리고 주치의와 바둑을 두세 판 두고 돌아왔지. 지나까지 와서 모르겠습니다, 하고 돌아가는 것도 의사의 양심인지도 몰라."

박사는 신경 쓰지 않는 것 같았다. 두 사람의 수행원은 눈썹을 찌푸렸다. 검고 굵은 수염을 꼬던 한 사람이 조심조심 말했다.

---

* 아오야마 다네미치(青山胤通, 1859~1917)로 추정된다. 1882년 도쿄제국대학의학부를 졸업하고 독일에 유학한 뒤 모교 교수가 되었다. 1894년 홍콩에서 발생한 전염병 조사를 위해 현지에 파견되어 페스트임을 밝혔다. 1901년에 도쿄제국대학 의과대학 학장이 되었다. 모리 오가이(森鷗外)와 친분이 있었다.

"국제적인 관심이 모이고 있는 만큼 선생님 책임이 무겁습니다. 상하이 거류민들도 일본의 명예를 위해서라며 계속 얘기하고 있던데요."

"흠, 흠."

의미심장한 미소를 띠고 박사는 침묵했다. 훼예포폄毁譽褒貶, 평판에 일일이 동요하지 않고 그저 최선을 다할 뿐이라 말하는 것처럼도 느껴졌다. 그는 사람들에게 종종 그런 기백을 보였다.

지나에 올 때 박사는 늘 국민적인 지지를 받았고, 그들은 그의 성공을 열망했다. 홍콩의 페스트를 연구하러 갈 때도 그랬다. 그는 큰 시련에 처하여 일본문화의 사명을 짊어진 전사로서 고군분투해야만 했다. 십오 년 전, 청일전쟁 직전이었다. 무시무시한 페스트가 지나에서 맹위를 떨치고 있을 때 그는 현지에서 페스트를 연구하기 위해 유행의 중심지, 홍콩에 파견되었다. 당시의 불결한 지나인 거리는 페스트가 만연할 조건을 모두 갖추고 있었다. 순식간에 지나인들이 쓰러져 갔다. 종국에는 어느 시가지는 방역을 위해 전부 태우기까지 했다.

그는 조수들과 은밀히 시체를 몇 구씩 해부하며 연구에 종사했다. 위험한 일이었다. 희생을 각오해야만 했다. 홍콩의 여름은 염서炎暑가 심하여 땀이 홍건하게 흘러 눈이 따가웠고 시체의 악취와 파리 무리가 공격하는 와중에 아수라처럼 분투했다. 그러나 그의 정신 내부에는 어떤 싸늘한 용기가 들어차 있어 조금도 서두르지 않고 끝까지 해낼 수 있었다.

연구 작업을 거의 끝내고 드디어 한가해지자 마찬가지로 페스트균 연구를 위해 파견된 기타자토北里 박사*와 일본인을 불러 만찬회를 열었다. 날이 어두워짐에 따라 아오야마 박사는 얼굴이 창백해지고 고열이 나기 시작했다. 페스트균에 감염된 것이다. 그는 쓰러질 뻔하며 겨우 호스트 역을 다했다.

그는 병원선에 옮겨져 신음했다. 병세는 점차 악화되었고 헛소리를 하다가 이윽고 위독해졌다. 이 소식을 들은 조국 사람들은 슬퍼했다.

그러나 그는 기적적으로 소생하여 승리자로서 모국에 돌아갈 수 있었다.

페스트 연구에 비교하면 일개 총독의 진찰은 세세한 일에 불과했다. 그는 이미 명예를 얻었다. 스스로의 긍지도 사람들의 기대도 석일昔日에 비할 바가 아니었다.

"걱정 말게." 박사가 수행원에게 단호하게 말했다. "바다를 건너기 전부터 이미 알고 있었네. 진찰할 것도 없지."

두 사람의 수행원은 놀라서 박사를 올려다보았다.

박사의 궐련에서 다시 긴 재가 줄무늬 바지 위로 툭 떨어졌다.

"오, 난징이야." 창밖을 바라보며 그가 소리를 질렀다.

이미 밤의 장막이 지기 시작했으므로 자금성의 우아한 모습도

---

* 기타자토 시바사부로(北里柴三郎, 1853~1931)로 추정된다. 도쿄제국대학 의학대학을 졸업하고 내무성 위생국에서 근무했다. 1886년부터 독일에서 유학했고 1922년 세계 최초로 파상풍균 배양에 성공했다. 1925년 귀국 후에는 전염병연구소장을 역임했다. 1894년 홍콩에 파견되어 페스트균을 발견했다.

보이지 않았다. 기차가 서서히 멈추자 총독대리와 영사 등 무수한 관민이 화려하게 맞아주었다. 세 명은 다소 민망함을 느끼며 총독이 보낸 훌륭한 마차에 몸을 실었다.

아오야마 박사는 성곽 같은 총독저의 가장 아름답고 따뜻한 방에 안내되었다. 보통 지나 가옥과 달리 목재로 된 바닥에는 호화로운 융단이 깔려 있고 현란한 북송화北宋畵가 벽감에 걸려 있었으며 경목硬木으로 만든 조란雕欄, 아름답게 장식한 난간이 둘러져 있었다. 침대도 아름다워 도착한 날 밤부터 편안히 잠들 수 있었다. 그는 처음으로 총독의, 황제에 비할 만한 권세를 알았다.

식사도 사치스럽기 짝이 없었다. 오찬은 총독과 식사하고 만찬은 수행원과 셋이서 식탁에 앉았다. 설령 빈객에게 가래가 묻은 젓가락으로 예의를 다할 걱정은 없다 해도, 지나의 의례에 익숙하지 않은 세 명은 오붓한 만찬이 좋았고 반주로 백오십 년이나 숙성시켰다는 매우 고급스러운, 그 한 방울 한 방울이 보석만큼 비싼 소흥주를 실컷 서로 부어주며 식사할 수 있었다.

양강총독 돤팡은 아직 마흔일고여덟으로 보이는 귀공자로, 일견 그런 기병으로 고민하는 남자로는 보이지 않았다. 그는 대관답게 복잡한 의상을 걸치고 흘러넘칠 듯한 애교 속에 경의를 담아 동해의 국수國手, 명의를 맞았다. 그는 아오야마 박사가 홍콩에서 페스트균과 영웅적인 싸움을 한 사실이나 일본에서 명성을 떨치는 의과대학장임을 명심하고 있었다. 이 사람이라면 오랫동안 겪어야 했던 고통을 끝내줄 것이라며 구세주처럼 기뻐하며 맞이했다.

일본 사관학교를 나온 아직 젊은 중령이 통역을 맡았다. 총독은 정무가 많아 수면을 충분히 취하지 못하고 신경쇠약처럼 멍해진다고 하소연했다.

진찰은 간단하게 끝났다. 박사는 미소를 지으며 역시 전간癲癎, 뇌전증이라고 중얼거렸다. 도쿄에서 출발하기 전에 그는 이미 그렇게 진단을 내리고 있었다. 전간 때문에 뇌의 움직임이 쇠하고 신경쇠약처럼 멍해지는 증상이 나타난 것이었다.

중령에게 박사의 진단을 듣고 돤팡의 얼굴은 금방 환해졌다. 그는 몇 번이나 탄성을 흘리고 손뼉을 치며 기뻐했다. 목숨이 달린 병이 아님을 안 그는 아직 수십 년은 더 살면서 이 세상의 즐거움을 맛볼 수 있다고 생각하자 춤추고 싶을 정도였다. 그는 박사의 명지明智를 칭송하고 공손하게 감사의 말을 늘어놓았다.

기뻐한 것은 총독만이 아니었다. 그의 첫째 부인과 둘째 부인인지 조신한 중년 부인이나 요염한 젊은 여성과 날씬하고 청아한 여성이 내려진 발 그림자 너머로 살며시 박사에게 감사의 시선을 보내고 그를 신처럼 바라보는 것이었다.

박사의 수행원들도 희색을 감추지 못했다. 박사를 중심으로 그들은 비싼 샴페인을 터뜨리고 크리스털 잔을 높이 쳐들어 축하했다.

관저는 일찌감치 봄의 고운 빛이 가득 찼다. 실제로 새해가 와 난징 거리 곳곳에서 폭죽이 기세 좋게 울리고 여러 행사가 즐겁게 열렸다.

총독은 병을 잊고 오찬에는 일가를 모아 그의 축복받은 수명을 축하했다. 곧 혁명이 일어나 청조가 쓰러지고 그도 함께 희생되리라고는, 가엾게도 꿈에도 생각하지 못했다.

아오야마 박사는 총독 부하의 안내를 받아 명 태조의 유적, 석인 석마가 늘어선 효릉孝陵을 찾거나 번화한 거리의 오래된 가게에서 모피가 달린 훌륭한 마괘자저고리 위에 덧입는 방한복를 사서 한기가 심한 북방으로 갈 준비를 하기도 했다.

"이제 일본에 돌아갈 수 있겠군." 박사는 어깨 위의 짐을 내려놓은 듯 술회했다.

일행이 책방에 들르자 놀랍게도 일본 책의 번역이 적잖게 발견되었다. 메이지유신明治惟新 관련이 많아 주의해서 보았다면 이미 민국혁명의 전조가 만연했음을 깨달았을 것이 틀림없다. 박사 일행은 명가名家의 법첩法帖 등을 샀다.

총독은 동해의 명의를 위해 하룻밤 성대한 연회를 열었다. 명나라 시대에 번성했던 현가絃歌, 금에 맞춰 부르는 노래 목소리가 울리고 가인들이 무리지은 별처럼 모이는 친화이秦淮, 양자강으로 흐르는 운하강변, 난징에서 손꼽히는 화방華舫에 세 명을 초대하여 미희美姬의 시중을 받아 여정을 달랬다.

드디어 일행이 난징을 떠날 날이 왔다.

총독은 스스로 수집한, 진기한 서화십보書畫什寶 중에서 은나라 시대의 은잔을 골라 박사에게 선물했다.

총을 메고 도열한 군대 사이를 몇 대의 호화로운 마차가 달렸다. 총독 일가 사람들이 이별을 아쉬워하며 박사를 좀처럼 놔주지 않아 특별 열차의 출발시각에 늦었다.

그러나 총독의 명령으로 열차는 수십 분 동안 일행의 도착을 기다리고 있었다. 외국인이나 지나인은 기다리다 지쳤지만 총독 마차를 보고 고개를 끄덕였다.

그가 직접 정차장까지 동승한 것이다.

일행은 국빈의 예우를 받으며 전장鎭江에 도착했고 거기서 기차를 타고 양쯔강揚子江을 거슬러 올라갔다. 이제 그들은 자유로운, 사인私人으로서의 유람객이었다.

"나이를 먹고 이제 이 세상에 용무가 없어지면 일본 국내를 유유자적 여행하고 싶다고 생각했는데 이런 지나 여행을 할 수 있다니 의외로군. 의사란 건 괴로운 것이지. 모처럼 놀고 있노라면 선생님 잠깐 환자 좀 봐달라며 흥이 깨져, 하하하."

박사는 하품을 하면서 도도한 창강長江의 강물을 바라보며 말했다.

"그 소흥주를 또 한번 마시고 싶습니다." 수행원 중 한 명이 입맛을 다시며 말했다.

"소흥주 때문에 실패한 적이 있지. 만주에 있는 제자가 황량주黃粱酒, 기장술를 보내왔다네. 그 남자는 술을 안 마시니까 비싼 지나 술이라고 생각한 거지. 나도 소흥주라고 생각하고 손님을 불러 대접했네. 그런데 난리가 났지, 맹렬한 두통과 구토 때문에 말이야. 총독의 소흥주를 그 사람들에게 대접하고 사죄해야 했는데."

"선생님" 하고 다른 수행원이 말을 꺼냈다. "그곳 융단은 훌륭한 것이었죠. 저는 선생님이 궐련 재를 떨어뜨리시는 게 아닌가 조마

조마했습니다."

"구멍은 안 만들었지?"

"피시다 만 담배를 테이블 위에 그대로 두고 잊으셔서 그것이 떨어져 타버렸던 것 같습니다."

박사는 당황해서 소리쳤다. "큰 구멍은 안 만들었겠지."

"눈에 띄지 않았습니다."

"그 정도라면 괜찮아. 와하하하하." 아오야마 씨는 호탕하게 소리 내어 웃었다.

일행은 주장九江, 한커우漢口, 한양漢陽, 우칭武昌에 상륙했다. 쉰양강潯陽江, 다볘산大別山, 황허루黃鶴楼에 노닐던 백낙천이나 이백을 회상했다. 삼십 년 후에 이곳들이 일본군에 점령되리라고는 꿈에도 생각하지 못했다.

자, 이제 그들은 한커우를 떠나 베이징北京을 향했다. 그곳은 난징보다도 화려한 대大지나의 왕성이었다. 고관의 행차인지 수십 명의 종자를 이끌고 가마꾼이 아름다운 가마를 메고 눈이 부실 정도로 화려한 깃발을 세우고 동라銅鑼, 징를 울리며 지나가는 일행을 목격하기도 했다. 공사公使 이하 백수십 명의 명사가 환영연회에 참석하여 그의 성공과 일본문화의 장래를 축복했다.

"선생님, 일본인으로서 저렇게 성대한 연회는 베이징에서 처음이라 합니다. 덕분에 저희도 어깨를 필 수 있습니다."

연회에서 돌아오는 길에 서양 차에 흔들리며 수행원이 술 냄새 나는 숨을 괴로운 듯이 뱉으며 말했다. 그러나 박사는 겨울의 차가운 달빛에 비친 탓인지 거의 침통한 표정이었다. 너무 과한 환영을 받아 마음이 불편해진 것 같았다. 그는 모피가 두터운 마괘자에 감싸여 팔짱을 낀 채 묵묵히 대답하지 않았다. 수행원은 연일의 여행과 환영에 박사가 피곤하겠거니 생각했다.

며칠 후 톈진天津에 도착하자 이곳에서도 같은 환영을 받았다. 일본 의학을 위해 만장기염을 토한 이로서, 총영사의 환영 오찬회에는 십여 명의 의사도 공손히 출석했다. 연회가 중반에 달했을 때 의외의 일이 일어났다. 총영사를 시작해 박사를 칭송하는 몇 명의 테이블 스피치가 끝났을 때, 한쪽 구석에 있던 의사가 참지 못하겠다는 듯이 일어서서 말하기 시작했다.

"제가 박사님께 감사드려야만 하는 일이 있어, 외람되오나 한 말씀 드리고 싶습니다." 그는 우선 이렇게 말하고 허가를 구하듯이 박사와 좌중의 사람들에게 목례를 한 다음 이어서 말했다. "지금부터 십이 년이나 옛날 일입니다만, 제가 타이완에 있을 때 우연히 무시무시한 페스트에 걸린 적이 있습니다. 당시는 액하선腋下線 종양을 곪게 놔둬야 하는지, 적출해야 하는지도 모르는 시대였습니다. 제 병세는 시시각각 진행되어 고열 때문에 의식을 잃었는데, 그때 홀연히 제 머리맡에 나타나 진찰하더니 적출하면 틀림없이 낫는다고 말해준 의사가 있었습니다. 그것이 뜻밖에도 아오야마 박사님이셨습니다. 제가 감사드리자 박사님 모습은 몽롱하게 연기처럼 사라졌습니다. 저는 박사님 말을 신탁처럼 믿고 의사에게 부탁하여 적출하자 과연 페스트가 점차 약해져 완치할 수 있었습니다. 물론 저는 박사님과 일면식도 없는 사람입니다만 완치 후 귀국해서 친구가 소지한 박사님 사진을 보자 꿈에서 본 박사님과 똑같아 한층 불가사의하다 여겼습니다. 그 이후 저는 아직 뵙지도 못한 박사님을 생명의 은인이라 여기고 언젠가 감사를 드리고 싶었는데, 오늘 다행히 뵐 수 있었으므로 한 마디 감사의 말을 올리고 싶습니다."

그 자리의 사람들은 이 연설을 듣고 갈채를 보냈다. 일종의 형용할 수 없는 감동이 늪처럼 전해졌다. 어떤 사람은 새삼스럽게 박사의 높은 덕을 생각하고, 다른 사람은 신비한 운명을 상상했다.

의사는 덧붙였다.

"박사님은 두 번 지나로 나오셔서 그때마다 위대한 성공을 거두셨습니다. 우리 해외에 있는 의사로서는 감사할 따름입니다. 박사님의 명예는 곧 우리의 명예입니다. 우리는 한층 지나인에게서 신용을 얻을 것이라 생각하는데, 이것도 박사님의 여덕餘德입니다."

의사가 이렇게 말하고 앉자 다시 박수가 일어났다. 박사는 의연히 듣고 있었는데 그 말이 끝남과 동시에 눈을 감고 가만히 있었다. 그는 눈물샘을 깊숙이 찌르는 듯한 자극을 느꼈다. 그는 깊은 생각에 빠졌다.

연회가 끝나고 의사가 인사하러 왔을 때 박사는 그의 손을 강하게 쥐고 말했다.

"저와 당신은 페스트에 걸렸다가 목숨을 건졌죠, 말하자면 동병상련의 사이로군요, 하하하. 하지만." 박사는 납득할 수 없다는 듯이 어미를 날카롭게 하고 말했다. "저야말로 여러분을 존경해야만 합니다. 저는 단 한 명의 충독을 진단한 것뿐이잖습니까. 환자에 귀천은 없을 터입니다. 여러분은 몇천, 몇만 지나인의 생명을 구하고 계십니다. 상하이에도 난징에도 일본인 의사가 있었습니다. 외국인조차 그 사람들에게 기꺼이 진찰을 받는 모양입니다. 저는 든든하다고 생각했습니다. 저는 지나가는 사람에 불과합니다. 이런 환영을 받으니 식은땀이 나는군요. 지나의 민중이 정말 의지하고 존경하는 건 여러분입니다. 겨우 전간 진단이 어떻게 의사의 명예가 될까요? 여러분의 선구적인 활약으로 페스트나 콜레라도 동양에서 사라질 때가 오겠죠. 그것이야말로 축복할 만한 통쾌한 일이 아닙니까. 건투를 빕니다! 오늘밤은 제게는 오히려 여러분을 축복하고 감사하고 싶은 연회였습니다."

박사의 말은 뜻밖이었지만 그 진심을 이해하고 톈진에서 온 의사는 살짝 끄덕였다. 박사는 눈물이 어리며 자기 감정의 한 자락을 드디어 보일 수 있었다고 기뻐했다. 보수로 받은 만 엔도 모두 지나를 위해 기증하자고 생각하며…….

대륙의 화분花粉

이노우에 도모이치로

井上友一郎

이노우에 도모이치로 井上友一郎, 1909~1997

1909년 오사카(大阪)에서 출생했다. 사카구치 안고(坂口安吾), 기타하라 다케오(北原武夫), 다무라 다이지로(田村泰次郎) 등과 동인활동을 하였고, 1936년에 『인민문고』(1936)에 참여했다. 『미야코(都)신문』(후의 『도쿄신문』)에 입사하여 1938년부터 종군기자로 일했다. 패전 이후에는 풍속소설가로서 활동하였다. 1997년 사망했다.

대륙의 화분

1

1938년 여름이 끝나갈 무렵, 나는 우한武漢공략전에 종군하기 위해 홀연히 도쿄를 뒤로 하고 모지門司로 떠났다. 거기서 상하이행 배를 탔는데, 다음날에는 상하이에 도착하는 날 밤 친해진 손님들끼리 조용한 송별회를 열었다. 그렇게 긴 뱃길도 아니고 하루 이틀 봤을 뿐이지만, 그 배는 요코하마横浜에서 고베神戸, 모지로 천천히 기항하며 상하이로 향했으므로 개중에는 일주일 가까이 매일 부대낀 사람들도 있었던 것이다.

윗 갑판의 흡연실…… 우리는 종종 이곳 바에서 지루한 시간을 때우려 맥주를 마시기도 했다…… 거기서 테이블을 둘러싸고 이야기가 활기를 띠었다.

고베에서 탄 양조업자는 이미 여러 번 지나를 오갔던 모양으로,

사회자 역할을 맡아 사람들에게 다양하게 말을 시키고 있었다. 하지만 그 자신은 지금부터 전선에 나가 상당한 위험을 각오하고 청주를 팔며 다닌다고 했다.

“전선에서는 술이 한 되에 ×엔이나 한다던데요.” 조금 맥주에 취해 얼굴이 붉어진 사람들이 웃으며 그에게 말했다. “……그러니 꽤 버시겠습니다.”

그러자 양조업자가 진지한 표정을 짓더니 변명했다.

“그건 사실입니다. 분명 내지보다는 비싸죠. 하지만 잘 들어보세요. 우리는 무겁고 무거운 술을 메고 위험한 적지를 트럭이나 지나 말을 타고 나아갑니다. 물론 군에서는 여러 모로 편의를 봐주시죠. 그건 이미 몇 달이나 그리운 일본 술을 못 마시는 병사들을 조금이라도 마시게 해주고 싶다는 마음 때문입니다. ……그런데 병사가 전사하면 이는 일본인으로서 최고의 명예이니 그만큼 후하게 보상을 받아야 하겠습니다만, 우리 상인에게는 당연하지만 그런 것은 없습니다. 그야말로 한 발 땅 맞고 스러지면 영원히 지나 보리밭의 비료가 될 따름이니까요…….”

나는 옆에서 그런 얘기에 귀를 기울이는 동안, 그 상인이 말하는 바도 조금은 이치에 맞음을 깨달았다. 아니, 그의 이야기에 감탄했다는 것이 아니라 이런 상인의 존재에 든든한 마음이 들었던 것이다. 아마 스스로도 웃었듯이, 전쟁터에서 적탄을 맞으면 그뿐인 목숨이리라. 그것을 알면서 어떻게든 불타는 전선을 돌아다니겠다는 것이니 어떤 의미로는 그 또한 싸우지 않는 용사의 한 명인지도 모른다.

흡연실 밖에는 파도 사이로 아름다운 달이 어둠에 빛나고 있었다. 바람이 잔잔하고 하늘에는 별의 반짝임이 가득했다. 대화 사이로 간혹 선체를 때리는 파도 소리가 둔중한 반주처럼 울려퍼졌다.

이어서 몇 명이 서로의 신상 이야기나 상륙 이후의 일 등을 이야기했다. 나는…… 나 자신도 앞으로 상하이 · 난징 · 주장을 거쳐 역사적인 우한공략전에 참가하노라고 간략하게 소개했다.

“그런데 당신은?”

마지막으로 양조업자가 가리킨 사람은 쉰대여섯 정도의 딱 보기에도 온화해 보이는 신사였다. 일동의 시선이 일제히 그 사람에게 쏟아졌다.

왜냐하면 그 신사가 천진난만한 여자아이를 둘이나 데리고 늘 쓸쓸히 윗 갑판의 그늘이나 식당 한 구석에 서 있는 것이 훨씬 전부터 일동의 관심을 끌었기 때문이다.

언니로 보이는 아이는 열두엇이고 아마 소학교 오 학년이나 육 학년으로 보였지만, 동생 쪽은 이제 막 학교에 들어갔을 법한 천진한 유아에 불과했다. 그래서 그 아버지로 보이는 예의 신사는 식사 때는 자매에게 일일이 스푼으로 음식을 떠먹여주거나 목욕할 때는 어머니 못지않은 세세한 배려를 해주고 있었다. 그리고 그것이 한층 아이들에게 어머니가 없다는 부자연스러움이 되었고, 누구의 눈에나 어떤 인상이 되어 마음에 남았던 것이다.

“저는 지나에는 아무 용무도 없는 사람입니다.”

그는 온화한 말투로 말을 시작했다.

"실은 저 두 사람의 선생……저 아이들에게는 다소의 의미는 있습니다만, 저 자신은 아무 업무도 없습니다."

"그럼 애들을 상하이까지 데려다주시는 건가요?"

"그렇습니다. ……실은 저 아이들은 제 딸이 아니라 누이 자식입니다. 저 아이들은 상하이 태생으로 부모와 함께 홍커우虹口에 살고 있었는데, 이번 사변으로 부모와 헤어져 일거에 고아가 되었습니다."

모두 입을 다물었고, 그 시선에 명백한 감동을 드러내고 있었다.

"그럼 양친은 그때 돌아가신 거군요."

양조업자가 자세를 바로 하고 새삼스럽게 중얼거렸다.

"아마도…… 아니, 분명 적탄을 맞았겠죠." 그는 당시를 회상하듯이 가만히 눈을 감고 말을 끊었지만 곧 옆에 있던 컵을 들어 단숨에 삼키고 이야기를 이어갔다. "……그래서 어쨌든 내지로 귀환했었는데, 최근에는 아무래도 상하이도 전쟁의 불길에서는 멀어져서, 친척은 모두 반대했습니다만, 제가 그것을 모두 물리치고 저 아이들을 데리고 저쪽으로 건너가게 된 것입니다."

"저쪽 소학교에 입학시키기 위해서인가요?"

이번에는 내가 물었다.

"그렇습니다. ……아니, 소학교뿐이 아닙니다. 사정상 쭉 상하이에서 기르자 생각하고 있습니다."

"무슨 연유로?" 양조업자가 이해할 수 없다는 표정을 지었다. "역시, 무엇인가 내지 소학교에서는 잘 안 맞았나요?"

"아니요, 아무리 상하이 태생이라도 역시 일본인이죠."

일동은 처음으로 밝은 웃음소리를 냈다.

"내지 소학교에서 잘 못 지낼 리가 없습니다. ……하지만, 저는, 저 나름의 신념으로 저 아이들을 상하이에서 기르자, 지나에서 크게 하자. 그리고 경우에 따라서는 지나에서 결혼시켜 지나에서 일생을 보내게 하자고 생각하고 있는 겁니다."

나는 맥주를 마시며 그 신사의 굳은 결의의 밑바닥에 떠다니고 있는 것에 어쩐지 고개가 숙여지는 기분이 들었다. 사변 이후 도쿄에서는 지나를 알자, 대륙을 인식하자는 말이 일종의 주문처럼 연극이나 책의 구석구석까지 범람하고 있었다. 하지만 실제로는 이 아이를 동반한 신사처럼 아무렇지도 않게 홀연히 내지를 뒤로 하고 떠나는 결의 속에서야말로 고귀함을 찾을 수 있는 것이 아닐까. 대륙으로 가거나 지나로 가는 것은 내지 생활의 활로가 막혔기 때문이 아니다. 내지 전답이 너무 좁기 때문도 아니고, 그곳에서의 노동이 보답 받는 바가 적기 때문에, 그런 식의 사정 때문도 아닐 것이다. 그런 조건 여부가 아니라, 어쨌든 지나로, 만주로, 멈추려야 멈출 수 없는 일종의 종교적인 신념의 순수함으로 바다를 건널 수밖에 없는 열의야말로 무엇보다도 고귀한 것이다. 오늘날 대륙으로 간다는 것은 이미 논리로 따질 일이 아니다. 그것은 아마 우수한 식물이 우수한 비료를 찾듯이, 오늘날의 대륙은 분명 일본인의 생명을 필요로 하고 있는 것이다. 그들이 거기서 살고, 경작하고, 먹고, 꿈을 꾸고, 그리고 죽어가는 것이 필요한 것이다…….

나는 아주 약간 취한 머리로 멍하니 그런 생각을 하고 있었다. ……그리고 나 자신도, 앞으로 양쯔강 연안을 서쪽으로 다시 서쪽으로 육군부대와 함께 전진하며 불행히 적탄을 맞아도 기꺼이 죽어갈 수 있다, 그리고 그 죽음은 반드시 의미가 없지는 않으리라고 마음속으로 조용히 고개를 끄덕이고 있었다.

2

다음날 아침 깨서 갑판에 나가보니 바다색은 이미 어제까지의 아름다운 인디고 블루는 어디서도 찾아볼 수 없이 누리끼리한 진흙 같은 물결이었다.

"이건 모두 양쯔강에서 흘러나온 진흙입니다."

등 뒤 갑판에서 사환이 중얼거리는 소리를 들으며 나는 천천히 갑판을 걸어갔다. 식사시간이 가깝기 때문인지 넓은 갑판에 사람 그림자라고는 보이지 않았다.

하지만 문득 나는 그늘에서 선상 골프를 치고 있는 예의 두 아이를 발견했다. 물론 연약한 어린이들이니 선상 골프 흉내를 내고 있는 것이었다.

나는 두 사람 사이에 끼어들어 크고 딱딱한 나무 공을 쳐보았지만 곧 정신을 차리고 갖고 있던 사진기로 두 사람의 모습을 렌즈에 담았다.

"……아저씨, 전쟁하러 가시죠."

숙부에게 들었는지 두 사람은 내 얼굴을 응시하며 중얼거렸다.

"그렇습니다. 이제부터 양쯔강을 거슬러 올라가 한커우까지 가는 거죠."

"한커우는 언제 함락될까요?"

큰아이가 역시 사려 깊은 표정을 지었다.

"글쎄요, 그건 나도 모르겠군요. 하지만 일본군이 공격하면 곧 함락되겠죠."

나는 알고 있는 일을 쉽게 이해할 수 있도록 아이들에게 들려주었다. 그들은 얌전히 듣고 있었지만 곧 먼 선실 쪽에서 식사를 알리는 벨이 울렸으므로 인사하면서 떠나갔다.

아침식사 후 나는 다시 이 자매와 갑판 구석에서 이야기했다. 이제 드디어 상하이가 가까워졌으므로 나는 양복을 카키색 종군복으로 갈아입고, 각반脚絆을 차고, 전투모를 썼다. 그 모습이 두 아이에게 일종의 감개를 불러일으킨 모양인지 그들은 오랫동안 나를 잡고 놓아주지 않았다.

"당신들은 상하이에 도착하는 게 기대되겠죠?"

나는 그렇게 말했다.

"그래요, 기뻐요."

언니가 고개를 끄덕였다.

"그럼 일본을 떠날 때도 아무렇지도 않았죠?"

그러자 아이는 쓸쓸한 듯이 말했다.

"아니오."

"응, 어째서? 앞으로 지나에서 성장할 사람이니 일본을 떠나는 정도는 아무렇지도 않잖아요."

"아니오, 뭔가 쓸쓸했어요. 그야 작년에 태어나서 처음 일본을 보기까지는 저희들도 괜찮았어요. 하지만, 일 년간 숙부님 댁에서 살았는걸요. 역시 일본에 있고 싶다고 생각하게 되었어요!"

나는 과연, 그럴지도 모른다고 생각하면서 물어보았다.

"상하이의 전쟁은 무서웠나요?"

"그야 무섭죠. 밤에는 내내 하늘이 번쩍번쩍 빛나고, 대포 소리가 쾅쾅 울렸는걸요. ……하지만, 지금은 괜찮아요."

나는 그들의 부모를 떠올리게 할 테니 좋지 않으리라 생각했다. 그래서 아주 명랑한 분위기로 말했다.

"아저씨에게 뭔가 노래를 불러 주세요. 아저씨도 앞으로 저쪽에 도착하면, 이제 다정한 일본아이의 노래는 못 듣게 되니까요……."

두 사람은 순간 서로 얼굴을 마주보며 미소 지었지만 이윽고 조금 있다가 언니 쪽이 주저하면서 낮게 이런 소리를 하는 것이었다.

"아저씨, 일본에 아버님이나 어머님이 계시나요?"

"아니오, 그런 분은 안 계세요."

순간적으로 나는 그런 대답이 입에서 흘러나와버렸던 것이었다.

"어머, 그래요."

두 사람은 신기하다는 듯이 나를 바라보고 있었지만, 이윽고 언니 쪽이 갑판 난간에 다가가 멍하니 저편 해상을 바라보았다.

"……자, 뭔가 노래를 들려주지 않겠어요."

"미치코ミチコ, 노래해봐."

언니가 저편을 바라본 채 그렇게 명했다. 그것은 실제로 명령이었다…… 그런 식의 강한 말투였다.

동생이 이상한 표정을 짓고 나를 바라보고 있었지만 곧 수줍게 노래하기 시작했다. 그런데 나를 놀라게 한 것은 그 아이가 제대로 혀도 안 돌아가는 입으로 〈반딧불빛〉* 을 노래했다는 점이었다.

"싫어라, 미치코도 참. ……그런 노래를 부르기는……."

언니는 여전히 바다 저편을 바라보고 있었지만, 이윽고 "아저씨, 아저씨" 하고 등을 향한 채 나에게 소리를 질렀다.

"자, 저기 보이는 게 푸둥浦東이에요. 이제 곧 상하이로 들어가는 거에요."

"저 가느다란 섬 같은 게……."

나는 몸을 쭉 펴서 발돋움하며 바다 위를 보았다.

"그래, 저게 푸둥이에요. 지나 병사가 잔뜩 있어서, 저기서 매일 매일 대포를 쏘았다구요."

미치코라 불린 누이는 이제 아무도 자신에게 관심을 보이지 않자 반쯤 무의식적으로 〈반딧불빛〉을 계속 노래했다. 그것은 노래 형태를 이루지 않은 채 여상하게, 머나먼 누군가에게 말을 걸고 있

---

* 〈올드 랭 사인(*Auld Lang Syne*)〉이라는 제목의 스코틀랜드 가곡이다. 일본에서는 〈반딧불빛(螢の光)〉이라는 제목에 일본어 가사를 붙여 〈소학창가집(小學唱歌集)〉(1882)에 실린 뒤 오랫동안 사랑을 받았다. 다만 3, 4절 가사는 군국주의적 색채가 짙다는 비판에 따라 현재 일본에서는 불리지 않는다.

는 듯한 절실한 가락을 품은 것이었다.

“푸둥이 보이면 이제 갓가지 전장戰場이 보여요.”

언니 쪽은 이윽고 자신도 함께 〈반딧불빛〉을 노래하기 시작했는데, 그 다정한 노랫소리는 배가 서서히 황푸黃浦강에 가까워지자 어쩐지 힘차고 격렬한 가락이 되는 것이었다.

나는 저편 연안에 나타나는 생생한 새로운 전쟁터를 잘 보아두기 위해 갑판 난간에 다가갔는데, 거기서 뜻하지 않게 자매가 굳게, 찢어지는 게 아닐까 할 정도로 강한 힘으로, 갑판 난간을 움켜쥐고 있음을 알았다.

그녀의 뺨에는 가느다란 한 줄기 눈물이 조용히 흐르고 있었다.